さようなら竜生、こんにちは人生
GOOD BYE, DRAGON LIFE.
永島ひろあき
HIROAKI NAGASHIMA
20

目次

第一章　ジャルラ来訪　7
第二章　人生最大の戦い　77
第三章　雨来《あめき》る《た》　116
第四章　聖都強襲　172
第五章　神ならぬ神　248

主な登場人物
MAIN CHARACTERS
クリスティーナ
“竜殺しの因子”を受け継ぐ絶世の美人剣士。ベルン男爵に叙された。
ドラン
最強の古神竜“ドラゴン”の転生した姿。クリスティーナの下で故郷ベルン村の発展に取り組む。
セリナ
ドランと婚約を果たしたラミアの美少女。ドランの心の拠り所でもある。

ドラミナ
ドランの婚約者で
よき相談相手の
元バンパイア
クイーン。
ディアドラ
妖艶な黒薔薇の精。
ドランの恋人の一人で
ベルン村の植物園を
管理している。
ハークワイア
聖法王国の天意聖司《てんいしょうし》。
突飛な言動が目につくが
人間離れした
実力を持つ。
セリベア
セリナの母で、
ラミアの里ジャルラの
女王をしている。

第一章――ジャルラ来訪

ベルン男爵《だんしゃく》クリスティーナは、新興貴族として規格外の財力と繁栄《はんえい》ぶりを見せ、今やその領地は大陸で最も活気づく地域になりつつあった。

アークレスト王国の北端に位置するベルン村には、実に多くの人々が多種多様な目的で出入りしている。純人間、各種獣人、エルフ、樹木や草花の精、ドワーフ、リザード族、果ては竜種までと、ちょっとした種族の見本市のような状態だ。

当然、そこには様々な勢力の諜報員《ちょうほういん》も紛《まぎ》れている。

ある意味、ベルン村の環境は、色々な種族や経歴の諜報員を潜《もぐ》り込《こ》ませやすい土壌《どじょう》が出来ているわけだ。

隣国であるロマル帝国や高羅斗国《こらとこく》、轟国《ごうこく》はもちろん、海の向こうや東西の遠国からも諜報員は派遣されている。その中には暗殺ギルドや有力な犯罪組織、秘密結社といった非合法組織の類《たぐい》も含まれていた。

しかし、ベルン側がその気になれば、彼らがどこで誰と会い、何を話していたか、領内全員の行動を把握《はあく》する事も容易《たやす》い。それを知らぬ諜報員達のほとんどが、踊《おど》らされている状況にある。

ベルン男爵領側――クリスティーナやその補佐官を務めるドランがそれらを咎《とが》めないのは、諜報員らが持つ表の顔が役に立つからだ。

商人や傭兵《ようへい》、医師、聖職者といった肩書きがもたらす利益が害を上回る限り、あるいは領民に危害を加えない限りは、彼らはベルン男爵領でのささやかな活動を見逃されている。

そんな諜報員の中でもとりわけ特別な素性《すじょう》を持つ一人が、拠点としている宿の一つで夜半に主人へと報告を入れていた。ベッドで眠るふりをしながら思念で上司に呼び掛ける。魔法とは異なる技術によって、彼の所属している組織ではるか大陸の北方に座する同胞《どうほう》と瞬時に連絡を取る事が可能となっていた。軍事的にも技術的にも極めて驚異的な技術である。

(最優先監視対象〝ドラゴンスレイヤー〟を捕捉《ほそく》。所有者はベルン男爵クリスティーナ・アルマディア・ベルン。これより継続して監視活動を行います)

『ドラゴンスレイヤーは大魔導《だいまどう》バストレルの手から離れた古《いにしえ》の至宝。監視は慎重《しんちょう》に慎重を重ね、こちらの存在を悟《さと》られぬように細心の注意を払うがよい』

その諜報員が見つけたのは、クリスティーナの腰で揺れる古神竜殺しの剣。伝説の中の伝説として語られる古の文明が作り出した、この世において最強の兵器だ。

今はドラッドノートと呼ばれるその剣のかつての名前を口にした誰かは、遠い地から思念で伝えられた命令に恭《うやうや》しく応えた。

（御意《ぎょい》）

『汝《なんじ》に我らの神の祝福と加護があらん事を』

その言葉をもって両者の通信は途絶《とだ》え、諜報員は本当に眠りに就《つ》いた。監視対象であるクリスティーナの周囲には、バンパイアの秘書や、アークレスト王国最強の大魔女の後継者と見込まれている補佐官といった強者達が控《ひか》えている。遠方からの監視でさえ神経を削られる為、諜報員は疲れており、泥のような眠りに落ちた。

ドランやクリスティーナ達にしてみれば、新興貴族として破格の発展を遂《と》げる自分達のもとへ、様々な思惑《おもわく》によって諜報員が送り込まれるのは想定の内だ。

それでも、新たな嵐と呼べるほどの争乱が近づきつつあるのを、そしてソレが既に自分達の懐《ふところ》に入り込んでいるのを、ドラン達は知っていたかどうか……

†

領地運営で多忙を極めていたクリスティーナは、ドラン達友人の配慮《はいりょ》により、遠く離れた国の迷宮で冒険者体験を楽しんだ結果、心身共に溌剌《はつらつ》として一層政務に注力しはじめた。

この頃になると、ベルン村近郊に大邪神カラヴィスと大地母神マイラール、大神ケイオスらが深く関わる塔が存在するという情報が、ガロア以外の都市にも広まっていた。

お蔭《かげ》で、功名《こうみょう》を得ようとする冒険者や、金の匂いを嗅《か》ぎつけた商人達が街道に列をなすようになっている。

また、ベルン村でのみ販売されている、エンテの森産出の希少な草花を用いた香水や薬を求める者も着々と増えていた。

特に、黒薔薇《くろばら》の精《せい》ディアドラが作る香水が、王国全域の富裕層の間で流行している為、これを求める貴族のご婦人方やその使い達の姿も散見されるようになっている。

ベルン村を訪れる者の中で一番多いのは、開拓した土地が自分のものになるというお触れを知り、土地持ちになろうと夢を見る農家の次男、三男以下や、自由労働民などだ。

労働力を欲するベルン男爵領としては多少脛《すね》に傷を持つ身であろうと構わず受け入れている。無論、治安を乱す者に容赦《ようしゃ》はしないが。

ベルンの大地を踏む者達を一番に迎えるのは、新しく建築された防壁とその門だ。

クラウゼ村とベルン村を繋《つな》ぐ整備された大規模な街道や宿泊施設、街道を飾る真に迫る石像群だけでも来訪者は度肝《どぎも》を抜《ぬ》かれるが、防壁と門はまた一味違う。

目下、唯一街道と繋がっているのは南門で、ここがベルンを訪れた者が最初に目にする村の一部である。その為、クリスティーナ達はこの門とそこを守る兵士達の見栄《みば》えや質を極めて重要視していた。

徹底的に磨き抜かれ、軽量化、対魔法処理、身体強化魔法などが付与された鎧兜《よろいかぶと》を纏《まと》い、ハルバード、長剣、短剣、弓矢、円盾で武装した兵士達。彼らには、一見地味ながらこれから発展していくベルン男爵領にとってこの仕事がいかに重要であるか、クリスティーナから直々に薫陶《くんとう》が与えられていた。

団長であるバランを筆頭に、ベルン騎士団の中から選抜された兵士達の顔には職務への誇《ほこ》りが輝いている。

彼ら以外にも、ドランが正式に魔法ギルドに特許申請した量産型ゴーレム達が防壁に沿ってずらりと並び、非常時の備えは万全だ。

そして、武力や魔法と全く関わりのない一般の人間でも目を奪われるのが、新たな防壁だった。

以前はディアドラが無数の黒薔薇とその荊《いばら》で防壁を覆っていたが、彼女の真似《まね》をしたがったエンテの森に住む様々な植物の精達によって、さらに絢爛《けんらん》に飾り立てられている。

四季折々の花々や様々な樹木の幹や蔓《つる》が防壁の表面を覆って、ベルン男爵領にしかない特殊な外観を生み出していた。

中には門を通る前に足を止めて詩作に耽《ふけ》る者や、無地のキャンバスを広げて熱心に筆を振る者も居る。

ベルン男爵領側も防壁自体を観光の対象とする者に向けて、門の前に馬車を停める為の駐車場やカフェ、屋台、飲食用の広場などを設けて、村の外にも経済活動の場を広げていた。

この防壁が完成しているのは、エンテの森側の東とモレス山脈側の北、クラウゼ村に繋がる南の部分のみ。

魔族や魔物が棲《す》まう不毛の地——暗黒の荒野へと続く西、北西の部分については、今後の開拓に関わる部分である為、仮設の状態だ。

その代わり、暗黒の荒野方面には防壁の建設と並行して、監視用の小規模な砦《とりで》を複数建設する話が進んでおり、作業用のゴーレムと兵士達が建設作業に勤《いそ》しんでいる。

そんなある日、クリスティーナの屋敷を訪ねる特別な一団があった。

元はベルン村の駐在兵士の一人であり、今では騎士の位《くらい》を正式に与えられたクレスが、客人達を連れて帰ってきたのである。

彼は兵士達と古参の村人数名、そして進物《しんもつ》を載せたホースゴーレムの馬車数台と共に、北のモレス山脈に移り住んだリザード族のもとを訪れる任務を受けていた。

リザード族が元々住んでいたベルン村北西の沼地を本格的に開拓する計画が動きはじめ、今後の軋轢《あつれき》と憂《うれ》いを取り除くべく、話し合うのが目的だ。

私的な話としては、ドランとセリナが初めて出会った場所であり、彼らにとっては思い入れの深い場所でもある。

旅の汚れを清めてからクリスティーナのもとへ足を運んだクレスの隣《となり》には、リザード族からの若い使者四名が同伴《どうはん》していた。

幸い、リザード族は沼地の利用に関して、既に自分達が離れた土地であるからと、ベルン側での利用に異議は申し立てず、途絶えていたベルンとの交流の再開を喜んだ。

リザード族がモレス山脈にある湖近くに居を移した為、交易の品目には若干の変化が見受けられた。

主にベルン側からは加工食品や布製品、嗜好品《しこうひん》が輸出され、リザード族側からはモレス山脈で産出される金属類と岩塩が輸出される。

特にベルン男爵領上層部を喜ばせたのは、生存に欠かせない塩を得られる手段が増えた点である。

ベルン村は、広く海洋を治める竜宮国《りゅうぐうこく》とも独自に塩の売買契約を結んでいるが、塩を確保する手段が複数あるのに越した事はない。

さて、リザード族は人間より頭一つか二つ分大きい二足歩行の蜥蜴《とかげ》という外見をしているが、四名の使者の中にはリザード族以外にも蜥蜴人《とかげびと》の男女が含まれていた。

リザード族は端的に言ってしまえば人間と同程度の知能を備えた二足歩行の巨大蜥蜴であり、種としての系統樹は爬虫類《はちゅうるい》に属する。

一方蜥蜴人は、複数の神々が協力して生み出した人間の原種を始祖とし、蜥蜴の特徴を付与して生み出された人間の亜種、亜人だ。あくまで人間の要素が主であり、蜥蜴としての特性は副次的なもので、種としての系統樹も人間に属する。これは亜人と呼ばれる種族に共通する性質だ。

一括《ひとくく》りにしてしまうのはかなり乱暴とはいえ、同じ蜥蜴の要素を持つ者同士、リザード族と蜥蜴人が共に暮らしている例は珍しくない。

彼ら若い四人の使者はこのままベルン村に滞在して、後々やってくるリザード族の交易団の窓口と、滞在用の施設建設の助言者役を兼ねる。

これは、かねてからクリスティーナとドラン達が計画していた、モレス山脈に生息する他種族との交流が前進しつつある証左《しょうさ》と言えよう。

モレス山脈の他種族との交流に進展があったのは、リザード族だけではない。

元々ベルン村には付近の大河から枝分かれした川が、北東から南西へと向けて流れているが、今ではさらにその川から村内のあちこちへと水路が延ばされている。

水に乏《とぼ》しい暗黒の荒野方面に開拓の手を広げるのだから、井戸掘り以外に水路を広げていくのは当然ではあるとはいえ、ただの水路というわけではない。

網の目の如《ごと》く細かく張《は》り巡《めぐ》らされ、しかも一つ一つが最低でも小船がすれ違える幅がある。

また上流からの流れを引き込む北側も、これまでは大型の水棲生物《すいせいせいぶつ》の侵入を防ぐ鉄格子《てつごうし》を巡らせていたのが、今では巻き上げ式の頑強な水門が設置されていた。

上流を流れる大河の方にも手が加えられていて、両岸に大河から水を引き込んで作った小さな溜め池がいくつも作られ、桟橋と小さな小屋が併設されている。

これらは水竜ウェドロの庇護《ひご》のもと、リザード族とは別の湖に住んでいるレイクマーメイドの氏族『ウアラの民』が、ベルン村にやってくるまでの道中で体を休める為のものだ。

湖や池、地下水脈を通じてモレス山脈各地を行き来していた彼女達は、ウェドロの勧めもあり、ベルン村との交流を応諾《おうだく》した。

彼女らがもたらすのは、水竜ウェドロや彼女達自身の鱗《うろこ》、湖底で産出される高純度の水精石《すいせいせき》、魚醤《ぎょしょう》等々。

村に巡らされた水路は人魚達の為の道で、ベルン側はそれなりの資金と労働力を投じて、彼女らがベルン村の中を移動出来る環境を整えた形だ。

モレス山脈に住む諸種族との交流推進という目的以外にも、水竜の庇護を持つ種族と交流を持つ事は、対外的に一種の外交圧力として機能する。

八方美人と揶揄《やゆ》されかねないベルン村の施策《しさく》だが、そこには強《したた》かな一面もある。

ベルンがこうした周辺諸種族との交流と協力体制を着々と進めているのは、遠からず暗黒の荒野から統一された勢力による侵略があると予測し、それに備える為でもあった。

また、人造人間『ファム・ファタール』こと天恵姫《てんけいき》を巡る東方での戦いに、周辺国家とは異なる謎の勢力が関わっていた事も、これらの行動に拍車《はくしゃ》を掛けた。

もっとも、ドラン達の本当の実力を考えれば、協力体制を整えて侵略に対抗するというより、周辺諸種族に魔の手が伸びる前に保護の手を回した、という見方が出来るだろう。

クレスの帰還と入れ替わるようにして、ベルン村では別の使節団が、モレス山脈に存在する〝ある種族〟の隠れ里へと出立《しゅったつ》しようとしていた。

いつも通り、峻険《しゅんけん》なモレス山脈でも問題なく歩行出来るホースゴーレム達が牽引《けんいん》する複数の馬車と、交渉を担当する文官や護衛《ごえい》の兵士達に労働力としてのゴーレム達。

ただ、今回の訪問先の特殊な事情を考慮し、使節団はほぼ全員が男性で、いずれも健康かつなるべく見目の良い者達が選抜されている。

その為、これまでの使節団に比べるとかなり人数が少ない。

とはいえ、頭数が減った分の労力はゴーレム達が負担してくれるから、道中、さしたる支障は出ないだろう。

そしてこれまでと異なる最も大きな点は、普段なら後進の育成を邪魔してはいけないという理由で使節団に同行しないドランの姿がある事だった。ドランの傍《かたわ》らに居るのは、彼の婚約者である、ラミアの娘――セリナのみ。

複数の婚約者を持つ今のドランの状況では、数時間程度ならばともかく数日に及ぶ道行きに女性が一人しか同行しないというのは、かなり稀《まれ》である。

たとえそれが公的な事情によるものであれ、ドランの所有物であると自らを認識するリビングゴーレムのリネットの姿までないのは妙《みょう》だ。

しかし、これにはこれから彼らの赴《おもむ》く先が大いに関係していた。

旅装に着替えたドランはほんの僅《わず》かにではあるが緊張した様子を見せ、反対に日除《ひよ》けの帽子を被っているセリナは上機嫌に頬《ほお》を朱《しゅ》に染めている。

「ふふふ、思っていたよりもうんと早く帰れて、私は嬉《うれ》しいです。それにドランさんを紹介出来るからなおさらです！」

むふー、と満足げな吐息《といき》を零《こぼ》すセリナを、ドランは慈《いつく》しみに満ちた眼差《まなざ》しで見る。

はっきりと恋人、婚約者であると明言する仲になった両者ではあるが、ドランがセリナに対して孫娘を見守る祖父めいた心情を失わずにいるのも確かであった。

「以前から話していたとはいえ、私としては緊張せざるを得ないな。セリナのご両親にご挨拶《あいさつ》をするというのは、いやはや、父さんやディラン兄《にい》に聞いていた以上に身の引き締まる思いになる」

「ママもパパもそんな怖い人達ではありませんよ？　でもママは里の代表ですから、当然厳しい態度で臨むとは思います。ドランさんが私の将来の旦那様《だんなさま》だからといって、手加減はしてくれないでしょう。公は公、私は私、そう割り切っている人ですから」

「立場に相応《ふさわ》しい心構えをお持ちだね。ラミアの隠れ里ジャルラとベルン村との正式な交流は、双方にとって益となるものだ。それをきちんと伝えられれば、交渉は上手くいくと信じている。私が緊張しているのは、私がセリナ以外の女性とも婚約している事を、母君も父君も良くは思わないだろうという不安のせいさ。我ながら情けない話だが、ふむん」

今回の使節団の赴く先は、人口約一千人というラミアの隠れ里ジャルラ。

セリナの生まれ故郷であるこの隠れ里へ、彼女が伴侶《はんりょ》として選んだドランを連れて行くという目的も密かに含まれていたのである。

また、団員が見目の良い男性で構成されているのは、子をなすのに異種族の男を必要とするラミア達に、ベルン村と交流を持つ事で得られる利益を分かりやすく知らしめる為だ。

ともすればジャルラへ滞在している間に、何人かの団員はある意味で食べられてしまい、ラミア達に新たな命を宿らせる結果になるかもしれない。

「ま、まあ、それほど深刻に考えないでください。元々、男の人がどうしても足りない時とか、お互いに同じ人を好きになってしまった場合には、男性を共有する習慣もあるくらいです。そこまで強く問題視はされないと思いますよ？」

「あまり自信がなさそうな口ぶりで言われると、今ひとつ安心出来ないなぁ。それに私とセリナの場合は、ジャルラの風習とは反対だからね。可愛い娘以外にも関係を持つ女性が居るなどと言われては、親の立場では不快に思われても仕方ない。というよりも、それが当たり前だ。それに私はジャルラへ入《い》り婿《むこ》として赴くのを拒否しているのだから」

「うう、なるべく考えないようにしていたのですけれど、改めて言われると、ジャルラの里にとって異例尽《いれいず》くめです。ママを説得出来るといいのですが」

しかし、しょんぼりとするセリナに、ドランは揺るがぬ決意を宿した瞳で語り掛けた。

「なに、セリナの〝旦那様〟になるのを決して諦《あきら》めたりはしないとも。セリナの母君達を説得して、ベルンとの交流もセリナとの結婚も認めてもらう。それに変わりはないよ」

そのドランの言葉を聞いたセリナがどんな反応を示したかは、語るまでもなかった。

†

北西の彼方《かなた》から暗黒の荒野を渡ってきた風は、静まりつつある戦乱の血の残《のこ》り香《が》を運んできているのか、どこか錆《さ》びめいた臭いを含んでいるように思われる。

その微かな臭いに、古神竜ドラゴンの生まれ変わりである私――ドラン・ベルレストは、少しだけ眉を寄せた。

太陽は地平線の向こうに沈み、世界を彩《いろど》る化粧《けしょう》は茜色《あかねいろ》から暗闇の色へと変わりつつある。

ベルン村を出立し、リザード族の居住地であった沼地で開拓団と別れた使節団は、モレス山脈の麓《ふもと》へ順調な道行の最中にあった。

日が沈む前から野営の準備が進められ、焚《た》き火《び》を目印に襲い掛かってくる魔獣を警戒する歩哨《ほしょう》達《たち》は、抜け目なく周囲の闇を睨《にら》みつけている。

野営地のそこかしこには光精石《こうせいせき》を用いた光源が掲《かか》げられ、降り注ぐ月と星の光も相まって、周囲の闇を遠くへと追い払う。

机の上にも光精石を収めたランタンがいくつか置かれていて、光量は充分だ。

使節団の護衛を担《にな》う兵士には、ベルン村出身の若者から他の農村出身者、あるいは元傭兵や冒険者達も含まれる。

実戦経験の有無にはバラつきがあるが、採用されてから受けた過酷《かこく》な訓練のお蔭か、それなりに格好はついている。

この使節団の中で最も地位が高く、責任が重いのが領主補佐官であり使節団代表を務める私だ。

今は野営の為に馬車から降りて、秘書兼案内役であるセリナ、護衛の兵士達の代表の騎士ネオジオと文官の代表シュマルと共に、今後の予定を話し合っているところだ。

組み立て式の机に周辺の地図を広げ、その上に自分達を模した駒《こま》を置いて、現在位置を確認し、今後の日程を微調整する。

使節団の護衛を取りまとめるネオジオは、元は小さな傭兵団の団長を務めていた壮年の男だ。

彼は東西で燻《くすぶ》る戦争の臭いに新たな商機を見出していたが、年齢を考慮して安定した収入を求めるべきか悩んでいた。

そんな折、ベルン村での志願兵募集の話を聞きつけた彼は、傭兵団を解散し、ついてきた数名と共に今はベルン騎士団に所属する身となっている。

小規模とはいえ傭兵団をまとめ上げていた経験と、その傭兵団の評判が良かった為、試用期間の後に騎士隊長の一人に任じられた。

周囲が危険な猛獣や毒虫の多い暗黒の荒野とあって、会議の場でも警戒を緩めずに分厚い鎧を着込んだままのネオジオは、いかにも歴戦の傭兵といった風貌《ふうぼう》だ。

皺深《しわぶか》く日焼けした厳《いか》めしい顔つきで、横幅が広く、がっしりとした体格をしている。

一方のシュマルは、私の愛しきクリスことクリスティーナ・アルマディア・ベルン男爵の祖父、先代アルマディア侯爵《こうしゃく》が開拓の責任者だった時に付き従っていた家臣である。

開拓計画が凍結された時にアルマディア領に帰ったものの、敬愛する主君の孫娘が再びベルンの地に赴任《ふにん》したと聞くや、成人した子供らに家を任せて仕官してきた忠義の人だ。

年の頃はネオジオよりも上で、五十代に入ったばかり。今は妻との二人暮らしを満喫しながらベルン領の統治に尽力《じんりょく》している。

「ジャルラのママ……ではなく、女王に向けての知らせは既に送っていますので、あちら側の迎えの準備は整っていると考えていただいて間違いはありません」

セリナの語るところによれば、ジャルラの代表である女王は、住人達の投票によって決められるものであり、世襲《せしゅうせい》制ではない。

その為、我がアークレスト王国をはじめとした周辺国の王制と同じに考えるべきではなかろう。

それでも、当代女王の娘であるセリナが案内役を務めてくれているのは、使節団の皆《みんな》に大きな安《あん》堵《ど》をもたらす。

目下のところ警戒していた魔獣の類の襲撃はなく、このまま順調にいけば、モレス山脈までそう時間は掛からない。

「使節団にはジャルラの近くで一旦待機してもらい、私とセリナで女王への挨拶を済ませ、許可を得てからジャルラへ入る手筈《てはず》になっている」

ネオジオもシュマルも、私からすれば父親以上に歳が離れた相手である。立場上は私の方が上だが、この口の利き方《かた》には多少抵抗を覚える。とはいえ、こういった事は今後増えるだろうから、慣れていくしかあるまいな。

幸《さいわ》い、ネオジオもシュマルも気にする素振《そぶ》りは見せていない。心の中ではどうか分からないが、これが大人の対応と見習わねば。

ネオジオは頷《うなず》いて私に応え、預けてある兵士達の様子を報告してくる。

「兵達の士気は問題ありませんぞ。規律の方も今のところ緩んではおりません。補佐官殿がセリナ殿と節度を持って接しておられましたのでな」

「男ばかりのところに女性がセリナ一人という環境なのだ。私とて少しは周囲へ配慮もするさ。ジャルラに着いたら、その反動で皆が過剰に浮かれないように祈るよ。ところで、ラミアに対しては流石《さすが》に慣れてきたかな？　ベルン村出身者ならばともかく、他の土地で生まれ育った者達にとって、ラミアは魔物だという認識がある。セリナの存在はもう噂《うわさ》で知れ渡っていただろうが、やはり実物を見れば恐れもしよう」

「そちらも概《おおむ》ね問題はありません。ベルン村でのセリナ殿の慕《した》われようと働きぶりは、兵らもしっかりと目にしておりますし、慣れた者の中には失礼ながら鼻の下を伸ばす不届き者もおりますでな。ジャルラで麗《うるわ》しいご婦人方に声を掛けられれば、ホイホイとついていってしまう者が出ないよう、注意しなければならんほどです。今回の人選についてはあえてのものでしょうが、若い連中にとっては、戦場に出るのとは違った意味で過酷《かこく》だったかもしれません」

「そうか、個人的には異種間交流は歓迎するが、何事にも順序がある。先方の意思も方針も考慮しなければならぬし、もう少し我慢《がまん》してもらおう。さて、日数の方は事前の予定通りとして、荷の消費はどうかな？」

シュマルに尋《たず》ねると、こちらもネオジオと同じく淀《よど》みなく答えが返ってくる。想定済みの質問だったのだろう。

「こちらは事前に想定した誤差の範囲内の消費量です。沼地を中継地点として使えれば、ジャルラ、ベルン間での物資の枯渇《こかつ》を心配する必要はなくなるでしょう。エンテの森を経由する道を避けて、暗黒の荒野方面からの経路を開拓するという目的も、まずは達成出来そうで何よりです。ジャルラの里の地理にもよりますが、ウアラの民同様に河川を用いた交通路も作れるかもしれませんし、補佐官殿には期待せざるを得ません。山脈を徒歩で往来《おうらい》するのと河川を利用するのでは、速度も一度に運べる荷の量もまるで違いますからな」

私はベルン村を出立した時から――いや、セリナへの愛情をはっきりと認めた時から変わらぬ決意を口にする。

「責任重大だな。改めて語るまでもないが、最良の結果を得られるように最大の努力を尽くすとも」

私にとって今回の訪問は、公人としての立場の他に、私人としての事情が込み入っているのだが……それはこの場に居ない兵士達に至るまで察しているだろうなあ。

セリナは真剣な眼差しで闇夜《やみよ》に天高くそびえるモレス山脈を見つめながら呟《つぶや》く。

「暗黒の荒野の問題もあります。モレス山脈にまで手が伸びるかは分かりませんが、その脅威《きょうい》を伝えれば、決して間違った選択はしないはずです」

セリナにとって今回の使節団への帯同は、生まれ故郷が、数年内に発生するだろう戦渦《せんか》に巻き込まれるのを防ぐ為、あるいはその被害を最小限に留める為の帰還でもある。

使節団の中にあって、最もジャルラとの未来を案じ、憂《うれ》えているのはセリナに他ならない。であるならば、彼女の胸の内に去来《きょらい》している不安の雲を晴らすのが、私の何よりの役目である。

†

野営地から出発した私達は、予定通りにモレス山脈へと進路をとった。

岩石と幾《いく》ばくかの緑が点在するばかりの荒涼としていた暗黒の荒野の光景だが、山脈に近づくに従って徐々に緑の割合が増え、生き物の姿を見かける頻度《ひんど》も増していく。

モレス山脈の麓はエンテの森から続く深い森林地帯で、山脈から流れる大小無数の河川と豊富な地下水脈によって、無数の命が生きる豊潤《ほうじゅん》な大地になっている。

セリナがジャルラを出た際、彼女は川沿いに進んで最も近い人間の集落、つまりベルン村に近づき、そこから一旦暗黒の荒野側に進路をとった。そして、リザード族の住んでいた沼地で休んでいたところで私と出会っている。

今回はセリナの進路を逆に辿《たど》る形になったわけだ。

今後の戦乱を見据《みす》えれば、モレス山脈と沼地の間に砦の一つくらいは用意しておきたいものだな、ふむん。

ありがたい事に、モレス山脈麓の森林地帯では、現地のウッドエルフや獣人達が私達の到着を待っており、森林地帯を抜けるまで案内役を務めてくれた。

これはエンテの森の世界樹――エンテ・ユグドラシルからのお墨付きを得られたお蔭だろう。森の住人達には効力絶大だが、その分、彼女の期待と信頼を裏切らないようにと身が引き締まる思いだ。

使節団の者以外の人間と会うのは数日ぶりだった上に、案内役の中に女性が複数居たので、団員達がやたらと話したがり、ネオジオの怒鳴《どな》り声と共に拳骨《げんこつ》が何度か振るわれる羽目《はめ》になった。

ま、微笑《ほほえ》ましいと言える範疇《はんちゅう》かね。

森林地帯を抜けてモレス山脈に入ると、道らしい道がろくにない険《けわ》しい道行きとなる。

これまでほとんど人跡がなかった事もあって、ジャルラへの道筋《みちすじ》は全くの手つかずだ。

と言うのも、ジャルラは他種族の目から隠蔽《いんぺい》するように造られた隠れ里である為、里へと続く道の整備など論外なのだ。

土よりも剥《む》き出《だ》しの岩肌が目立つ山道だが、ホースゴーレム達は悪路をものともせずに馬車を引き、兵士達もひいひいと息を切らしながらも追従してくる。

最も足の遅い者に歩調を合わせて、適度に休憩《きゅうけい》を挟《はさ》みながらの登山になるので、速度はそう速くはない。

ジャルラまである程度近づいた地点で私達は行進を止めた。

山腹で邪魔な石をどかして木を払い、魔法なども使って地面を均《なら》し、あっという間に野営に適切な広場を造る。そうしてから、私はネオジオとシュマルに使節団を委《ゆだ》ねた。

ここから先は私とセリナの二人きりで進む。

「これだけ険しい山道では、山脈を下りるだけでも大変だな」

しみじみと語った私の言葉に、セリナが応える。

「まあ、人里から離れるとこういう環境を選ばざるを得ませんから。私の場合は小さい頃からここで育ったので、別に気にはならないのですけれど」

「君達の伴侶探しも苦労が多いな」

「最近は里の人口が増えてきたので、中で相手を見つける娘もちらほら居るのですよ。あまり血が近すぎるのは良くないですから、私みたいに外に出る娘の方がまだまだ多いですけれどね」

「千人前後だったか……セリナと出会った頃のベルン村の三倍以上の人口だな。この環境でよくぞそこまで増やしたと思うよ。ジャルラのような隠れ里は世界中に点在しているだろうが、よその里との交流はあるのかい？」

「ん～、確かエンテの森のどこかにもラミアや蛇人《へびびと》の里があって、何年かに一度くらいは代表同士で連絡を取り合っていたとかいないとか。いずれにせよ、閉鎖的《へいさてき》であるのは確かです。女王にならないと教わらない情報も多いと思います」

「重要な情報を知る者は少ないほど漏洩《ろうえい》の危険性は少ないか。人間からの扱いを考えれば当然の危機意識だな。今回の訪問が良い方向へと進んでくれれば何よりだが……」

「大丈夫です。ベルン男爵領との交流で良い事がたくさんあるって、精一杯伝えますから。それに、ベルン村だけじゃなくってガロアの辺りまでなら、ラミアが街中を歩いていても少し驚かれるくらいで済むようになりましたし。伊達《だて》に一年近くガロアで過ごしたわけじゃありませんよ！」

「ラミアの集団が闊歩《かっぽ》するとなれば、ベルン村はともかくガロアであってもまだまだ驚かれてしまうだろう。時間は掛かるが、ラミアが交流可能な存在であるという認識をベルン村から徐々に広げていくのが先かな」

「急ぎすぎると悪い結果になりがちですから、仕方ないですね。それに、伝承みたいな恐ろしい悪さをするラミアだって居るでしょうし」

「人間の中にも極悪人はゴロゴロいるさ。それと同じだよ。さて、そろそろ直接お目に掛かれる頃合いかな」

使節団が山麓《さんろく》に到着した時点で、使い魔と思《おぼ》しき蛇達が何十匹も岩陰などに潜《ひそ》み、じっとこちらの動きを観察していた。

「ところで、あの蛇達はやはりジャルラのラミア達の手のものかな？」

「はい。私達ラミアは体の半分以上が蛇ですから、蛇さんとは意思が通じやすいのです。なので、よく私達の目と耳の代わりをしてもらっています。私もガロアで時々やっていました」

耳に口を寄せてこしょこしょと話し掛けると、セリナは声を潜めて教えてくれた。以前はこれくらいでの事でも恥ずかしがったが、今では流石に慣れたものだ。

「ふむ、自衛策としては妥当《だとう》なところだろうな。私も簡単な使い魔の契約なら小鳥やら虫やらと結ぶし、利便性が高い。ただ、君達にとっては良き隣人といった意識の方が強いかな？」

「そうですねえ。別に使い魔の契約を結ばなくても意思は通じますが、視覚や聴覚を共有する時には使い魔契約を結ぶのが一番です。今も里から私とドランさん、それに使節団の皆さんを見ているわけですね」

「セリナの連絡を受けてから、隠れ里の者達は使節団が到着するのを一日千秋《いちじつせんしゅう》の思いで待っていたのだろう。ふふ、心して掛からねばな」

ベルンとの交流が上手くいけば、今後は危険を背負わせてまでラミアの少女達を隠れ里から旅立たせる必要がなくなり、安全に伴侶探しが出来るようになる。

一方で、最悪の場合には魔物であるラミアに対する迫害《はくがい》ないしは討伐《とうばつ》が行われる可能性も考えていよう。

セリナが操られてジャルラの位置を教えてしまったのか、それとも本当に伴侶として私を見つけ出し、またベルン村との交流を文字通りの意味で進める為に来たのか。それを見極めようとしているのだろう。ふむん。

やがて、私達の監視をしていた蛇達が音もなく気配と姿を消した。

本命の方達がそろそろ姿を見せてくれる前兆かな？

セリナが目印の一つだと教えてくれた赤茶けた大岩を回り込んだ先で、私は自分の予想が間違いではなかったのを確認出来た。

山肌の盛り上がりや岩石の陰に巧妙《こうみょう》に隠されたジャルラへの入り口の一つを背に、何人ものラミア達が私達の訪れを待っていたのである。

獣人や人間の姿もいくらか紛れているが、こちらはラミア達の伴侶か、その子供達であろう。生まれてくるのが女の子ならばラミアに、男の子であるならば父親と同じ種族になるのが、ラミアという種族の生態なのだ。

私とセリナの前に立つラミア達は、鮮やかな赤や目の醒《さ》めるような青など鱗や髪の色も様々だ。

どうやらそのほとんどがセリナの知り合いのようで、彼女は私の傍らで緊張と安堵を同時に滲《にじ》ませる。なんとも器用な真似をするものだ。

異種族の雄を誘惑する性質を持つラミアは、個体数の多い人間とその亜種である亜人を誘惑しやすいように、美的基準が高い種族だ。

その美人揃いの真ん中に居るのは、セリナと同じ深緑色の鱗を持つラミアだった。前髪の左右だけを長く伸ばした金髪に、意志の強さを感じさせる瞳は青色。

セリナとの共通項が多いところを見るに、血縁者か――いや、ジャルラの女王を務めているという母君か？

その女性が口を開く。

「遠くベルン村から我らの隠れ里ジャルラへと、よくおいでくださいました。私はジャルラの女王セリベア。そちらのラミア、セリナの母でもあります。お見知り置きを」

挨拶一つとっても、異性を惑《まど》わすラミアの特性を充分に理解させる艶《なま》めかしさだ。

母としての顔は覗《のぞ》かせず、あくまでもジャルラの代表としての態度を崩さぬセリベア殿を前に、

セリナも話し掛けたいのをぐっと堪《こら》えて押し黙る。

余人が居ては母と娘としての振る舞いは出来ないか。

話を早めに進めたいものだが、さて。

「ベルン領主クリスティーナ・アルマディア・ベルン男爵の補佐官を務めております、ドラン・ベルレストと申します。この度はベルン男爵の名代《みょうだい》として参上仕《さんじょうつかまつ》りました」

「お名前と来訪の目的に関しては、セリナからの知らせで存じておりますわ。まずは我らの里へご案内いたしましょう」

しゅるりと鱗と地面の擦《す》れる僅かな音を立てて、セリベア殿が背を向け、他のラミア達もそれに従う。

セリナが何か言いたそうに母親の背中に視線を送り、他のラミア達は彼女を案じるように見つめたが、セリベア殿は振り返らなかった。ふむん。

セリナも立派な大人なのだし、セリベア殿は集団の代表だ。弁《わきま》えるべき場なれば、私情を抑えなければならん。

セリベア殿に続き、緩やかな傾斜になっている下り坂を進むと、巨大な自然石を使って建てられた岩戸が私達を待っていた。

岩戸へ続く道から死角になる窪みや岩陰には、押し殺された気配がいくつもある。それなりの手《て》練《だ》れでもなければ気付けまい。隠れ里の警備は充分になされているな。

どこかから歯車の噛《か》み合《あ》う音が聞こえ、岩戸がゆっくりと左右に引き込まれていく。

その先に繋がる道を進むと、空からの目を誤魔化《ごまか》すように岩壁の中や地下に設けられた家屋が見えてきた。

それぞれの窓から住人達が顔を出し、こちらを覗いている。

ワイバーンやグリフォンをはじめ、モレス山脈には空を飛ぶ魔物や猛獣の類は少なくない。ラミアならばそう簡単に餌食《えじき》にはならないとはいえ、里には幼い子供や老人も居るのだから、当然の備えか。

「ここでセリナが生まれ育ったのだな」

ラミア達の隠れ里を眺《なが》め、ふと零れた私の呟きに、セリナがしみじみと応える。

「はい。ベルン村みたいに皆で助け合って、仲良く暮らしているんですよ。う～ん、私が出立した時と変わりはないですね。良かった」

「ふむ、セリナとしては、まずは一安心か。母君と家族水入《かぞくみずい》らずで話せる時間も必ず来る。それまで少しだけ我慢出来るかい？」

「私はもう立派な大人ですよ？　それくらい我慢出来ます。もう、ドランさんは私をいつまで経っても子供扱いするんですから」

「子供扱いしているわけではないよ。大切な伴侶だから慮《おもんぱか》っているのだ。その違いを理解してもらえると嬉しいね」

「あら、ふふふ、そういう事なら許してあげちゃいます」

「ふむ、それは良かった。やはり言葉にしないと伝わらないものもあると、しみじみ思うよ」

私とセリナが案内をされたのは、ジャルラの中央付近にある岩盤の中を加工して建てられた館だった。

凹凸《おうとつ》なく綺麗《きれい》に研磨《けんま》された壁には、何かしらの塗料で、ラミアやその伴侶と思《おぼ》しき他種族の雄達が戯画化《ぎがか》されて描かれている。

ラミアの生態を分かりやすく描いた壁画と解釈出来るな。

「選挙で選ばれた女王が住む館です。今はママ――ええっと、当代女王セリベアとその夫ジークベルトが住んでいるはずです。前は私もここに住んでいました」

「セリナにとっては懐《なつ》かしの生まれ故郷に加えて、懐かしの我が家というわけか」

「ただ素敵《すてき》な旦那様を見つけて帰ってきたという話なら、歓迎されるだけで済んだのですけれど、今回は使節団の案内役もしていますから前代未聞《ぜんだいみもん》の帰省です」

周りのラミア達は私とセリナが気になって仕方がないようで、チラチラと様子を窺《うかが》ってくるが、セリベア殿は一度だけこちらを振り返ったきりだ。内心では愛娘《まなむすめ》の帰還をどう思っているのやら。

ほどなく私達は、モレス山脈で見られる花や動物の他、独特の模様が刺繍《ししゅう》された絨毯《じゅうたん》が敷かれた一室に通された。

室内では、ほのかな香気《こうき》を発する蝋燭《ろうそく》が燃えている。

私達の正面には長机が置かれ、向かいにはセリベア殿が、その左右には妙齢《みょうれい》のラミアが一人ずつ、とぐろを巻いた下半身を椅子《いす》の代わりにして腰掛けた。セリナもよくしているラミア特有の動作で、私にとっては見慣れたものだな。

他のラミアや夫君達は、警護と私達の監視を兼ねて部屋の扉の傍《そば》や壁際《かべぎわ》に立っている。まあ、当然の警戒だ。

「どうぞお掛けください。ラミアの里ですが、椅子くらいはありますもの」

セリベア殿にそう言われ、私は用意されていた椅子に腰掛ける。

続いてセリナも母親達同様にとぐろを巻いた。

ふむ、私もそれなりに緊張している自覚はあったが、セリナが前代未聞の帰省と言っていたのを鑑《かんが》みるに、ジャルラ側にとっても今回の事態への対応は暗中模索《あんちゅうもさく》であろう。

さてさて、そうなるとお互い初体験同士、手探りでより良い落とし所を探し合わねばならんわな。

私はそうして気を引き締めてから視線を落とす。机の上には、ジャルラの方で用意してくれた湯気が立つ赤い飲み物が置かれている。

春を半《なか》ば過ぎたとはいえ、山は冷える。待機している使節団の皆にも温かい飲み物を振る舞ってあげたいものだ。

さて、そろそろ話を始めるとしよう。

「ありがとうございます。私共がこちらをお訪ねした目的に関しては、既にご存じの事と思いますが、改めてお伝えいたします。我が主君ベルン男爵は、暗黒の荒野方面への開拓事業の他、エンテの森並びにモレス山脈の諸種族との交流が、領地の発展と民の繁栄に不可欠であると考えておいでです。その為、こちらの里の出身者であるセリナ嬢《じょう》の知恵を拝借《はいしゃく》し、本日、ご挨拶に伺った次第です」

私の言葉を聞き、セリベア殿が微笑む。

「補佐官殿、ベルンの方々が再び暗黒の荒野に興味を示された事に関しては、私達も把握しておりました。セリナから伝えられていたというわけではありませんわよ？ 暗黒の荒野やエンテの森に棲まう蛇は、時に私達の目や耳の代わりとなってくれますので、周辺の情報程度なら集めるのは難しくありません」

ふむ、さりげなくセリナがベルン男爵領の情報を流したわけではないと擁護《ようご》されたのかな？

「そうでしたか。それでしたら、既に私共がリザード族や、水竜ウェドロ殿の庇護を受けているウアラの民と関係を構築している事もご存じで？」

「ええ。山脈を登ってくる者は稀《まれ》ですが、それが集団となれば、いやが上にも注目が集まるのが道理でしょう。その集団の向かう先が、私達と遠からず近からずの距離を保っていたベルンの者なら、なおさらです。それにベルンが賑《にぎ》やかになったのは、今回が二度目ですからね」

「では、話を進めさせていただきたく存じます。私共が用意出来る対価と友好に関する取り決めなどを、こちらの資料にしたためております。一度、お目をお通しください。どうぞ」

セリナは私が預けておいた鞄《かばん》から資料を取り出して、目の前に座る三人に渡す。

内容は先のリザード族やウアラの民達との交渉とほとんど変わらない。

お互いの集落に大使館を設置する案や、商取引の活発化、お互いの領内で法を犯した者への裁判権や雇用条件、居住を認める条件など数多くの取り決めだ。

魔物と一般に認知されるラミアを人間種と同様に扱い、不当な暴力や差別を加える事を固く禁じる法も明文化した。逆に、ラミアの側も魅了《みりょう》の魔法などで相手の意思を奪う形での誘惑を禁じている。これらは私個人としてもベルン男爵領としても重大事項だ。

種族単位での差異もあり、お互いに不便ないしは不利益を被《こうむ》る点もあるだろうが、双方で妥協点を見つけていくべしと、クリスとも話し合って結論を出している。

セリナから回ってきた資料の全文に目を通し終えたセリベア殿は、内心の読めぬ笑みを浮かべたまま、そっと資料を机の上に置く。

「ベルンの方々からのお申し出は確かに承りました。しかしながら、このジャルラの命運を担う一大事ですので、しばしの猶予《ゆうよ》を頂戴《ちょうだい》したく思います。そうお時間はお掛けしませんわ。数日の内に回答いたします。その間、外でお待ちになっている他の使節団の方も、どうぞジャルラにお入りくださいい。少し、里の皆が浮足立《うきあしだ》つかもしれませんけれど、そこはどうぞご容赦《ようしゃ》を。外からあれだけ多くの方がいらっしゃるなど、過去にない事ですから」

「寛大《かんだい》なお言葉、感謝に堪《た》えません。使節団の者達には厳しく伝えてありますが、彼らにとってもラミアの方々が住まわれる地を訪れるのは初めての体験ですので、不作法があるかもしれません。ほとんどの者は所帯を持たぬ独り身ですから、ジャルラの方々はいささか刺激的すぎます。何かご・・・・ざいましたら、ただちに厳罰をもって処します」

それを聞いて、セリベア殿はあらあら、と笑う。

ふぅむ。

こちらに連絡を入れなければ〝ちょっとした悪戯〟をしても目を瞑《つむ》りますよ——と、私が言外《げんがい》に臭わせたのを察してくださったようだ。

団員の中には、まだ異性と手を繋いだ事もなさそうな子もちらほら居る。下半身が大蛇とはいえ、ラミアの色気には逆らえないだろう。ふむふむ。

「生真面目《きまじめ》でいらっしゃいますのね。補佐官殿も本日はどうぞごゆるりとお休みください。館に部屋をご用意していましてよ。ただ、ジャルラの女王としてではなく、一個人として……ええ、そう、母親として、ぜひとも夫と娘を交えてお話をさせていただきたく思いますの」

口元に笑みを浮かべたセリベア殿の笑っていない瞳が、拒否は絶対に許さぬと私に強く訴え掛けていた。

おおう、今は女王ではなく母親としての顔を前面に押し出してきているな。心なしか、部屋の中に居るラミアの方達も先程よりも険しい視線を私に向けている気がする。

私がセリナに相応しい男かどうか、これから厳しい審査が待っているのだ。私は長机の下から伸びてきたセリナの手を、そっと握《にぎ》り返した。

ふむ、セリナから山ほど勇気を貰《もら》えたな。

それにしても、人間であるというセリナの父君はどんな方なのだろう。そしてセリベア殿も私的な場面ではどんな母親なのか。

私の個人的な人生最大の戦場に赴く時が刻一刻《こくいっこく》と迫《せま》っている。

今から心臓が破裂《はれつ》してしまいそうだった。

†

ドランとセリナが里の外で待機している使節団を呼びに行っている間、セリベアはベルン村からの一行を迎え入れるべく、指示を飛ばしていた。

元々、使節団を里の中へ招き入れる際の手順は取り決めてあったので、さして準備に時間は掛からない。

家の中で待機させていた里の者達に、野外へ出て使節団の為に用意した宿泊施設に続く道への飾りつけなどを行うように命令している。

セリナの帰省に伴《ともな》ってよそから多数の男性が来訪するとあって、ジャルラの里は知らせが届いてからちょっとしたお祭りのような雰囲気《ふんいき》になっていた。

特に、未婚のラミア達は大半が浮足立っていて、羽目を外しすぎないように、セリベアが何度か綱紀《こうき》の引き締めを行わなければならなかったほどである。

「宿の手配はつつがなく行えているわね？　初めてのお客様よ。手抜かりがあっては末代《まつだい》までの恥だわ。使節団の馬は全てゴーレムですから、飼葉《かいば》も水も用意する必要がないのは覚えているわね。いらぬものを用意して、必要なものの手配を疎《おろそ》かにしないように」

先程までドラン達と会合していた部屋では、セリベアの指示に従って、ラミアとその伴侶達が激しく出入りしている。

セリベアはジャルラの女王という地位に就いてはいるものの、王制国家における国王ほど権威があるわけではない。

ジャルラにおける女王は代々選挙で選ばれ、人口が千人前後の小さな社会を効率的に機能させる為の称号と機構にすぎなかった。そんな事情もあり、セリベアに命令される側の者達からの返答もそれほど堅苦しくはなく、見知った者に対する言葉遣いだ。

「宿の手配は済んでまーす。ドラン補佐官様とセリナちゃんと使節団の偉い人達は、この館でしたよね？　客室と食事の準備も大丈夫です！」

やや軽薄な口調で返事をしたのは、セリナよりもいくらか年上のラミアだ。彼女は報告を終えると、手に持っていた資料の紙を、他のラミアに手渡してさっさと部屋を後にした。

いくら他に仕事があるといっても、女王を相手にこのような態度を取るなど、周辺諸国の者達だったら目を丸くするだろう。

しかし、他のラミアはもとより、セリベア自身も気に留める様子はない。

ドラン達の前では全員、それなりに畏《かしこ》まった態度を取りもするが、内情を知るセリナがあちらに居る以上、あまり意味はないだろう。

「伴侶選びは向こうもある程度は理解を示してくれているけれど、無理強《むりじ》いをしては駄目《だめ》よ！　魅了の魔眼《まがん》なんてもっての外よ」

セリベアにそう釘を刺されたラミアの一人が、あっけらかんと聞き返す。

「お酒をたっぷり飲ませた後で誘うのはありですか？」

「意識が朦朧《もうろう》とするほど飲ませるのはやめておきなさい。それと、自分に自信があるのなら、そしてラミアであるのなら、素面《しらふ》の相手を堂々と正面から射止めなさいな。はい、次！」

「使節団の案内役の一覧表です。全員既に所定の位置についています。使節団が里に入ったらすぐにでも対応可能です。また、警備の方も人員の配置は万全です。グリフォンやワイバーンの襲来があっても、怪我人一人だって出しません」

「よろしい、そこまで断言するなら見事実現なさい。最近はワイバーン達が大人しいとはいえ、決して油断しないように。使節団の皆さんは暗黒の荒野を経由しての旅で、お疲れでいらっしゃるわ。夕餉《ゆうげ》にお出しする食事は、なるべく胃腸への負担の小さいものを手配するように。お酒も口当たりの優しいものを用意するのを忘れないで」

それから何度かの質疑応答と状況の報告、確認を終え、セリベアはようやく一息《ひといき》吐《つ》いた。

部屋の中には彼女以外に姿はなく、全員がそれぞれの仕事を果たす為に里の各所へと散っている。

ベルン側が魔物であるラミア主体のジャルラと交渉を持つのが初めてであるのと同様に、ジャルラ側もベルンほど大きな規模の人間種の集団との本格的な交渉は初めてだ。

セリナからの知らせが里に知れ渡った時には、まるで嵐でも起きたような騒ぎが生じ、それを鎮《しず》めるのに時間を随分《ずいぶん》と消費してしまった。

種族単位で強力な魔法使いでもあるラミアの集団であるジャルラは、モレス山脈の中でも強大な勢力と言える。

しかしながら、モレス山脈の隠れ里では、耕作面積の少なさや、種の特性としての人口増加の難しさ、環境的にどうしても閉鎖的になってしまうなど、問題もあった。

今回のベルン使節団の来訪は、それらの問題を全て解決とまではいかずとも、解決に向けて大きく前進させるきっかけになる。同時に、新たな問題を生じさせる可能性も秘めた、重要な転機だった。

セリベアにとって可愛い娘が伴侶を見つけてきた事は、母として、同じ女としてまことに喜ばしい。

しかし同時に、ジャルラの長として間違えられぬ決断を持ち帰ってきたのは、全くの想定外だったと言わざるを得ない。

余人の目がないのを確認し、セリベアは小さく息を吐いた。その瞬間を見透《みす》かしたかのように、小さくノックの音が響き、涼《すず》やかな男の声が続く。

「セリベア、入ってもいいかい？」

「ジークベルト？　ええ、どうぞ入って」

入室してきたのは、カップ二つとティーポットを載せたお盆を手にした男性。セリベアの伴侶であり、セリナの父親であるジークベルトだ。

セリナと同じ黄金の髪を持ち、理知的な光を宿した瞳も娘とよく似ている。

セリナの年齢を考えれば、若くても三十代後半か四十代前半であろうが、落ち着き払った雰囲気と暖かな陽だまりを連想させる柔和《にゅうわ》な顔立ちは、実際の年齢より十歳は若く見える。

「流石の君でも疲れが隠せていないな。警備の方の配置は問題ないから、安心してほしい。成体の竜はともかく、ワイバーンの群れならなんとかなる」

「そう。そちらの心配はしていないわ」

ジークベルトはジャルラの警備の一端《いったん》を担う立場にある。一見すると優男《やさおとこ》めいた風貌だが、なかなかどうして一通りの武器を一流の腕前で使いこなす。その上、補助魔法の類も巧みな猛者《もさ》だ。

「それと、これは差し入れだ」

セリベアは傍らにまで来たジークベルトが差し出したカップを受け取る。

長い付き合いの夫は、妻がこの状況で欲しているものを理解していた。

セリベアはカップを持ち上げてしばし香りを楽しんだ後、ほのかな蜂蜜の甘さを感じる琥珀色《こはくいろ》の液体を口に含んだ。

「ありがとう、一息入れられたわ」

「ああ、それは良かった。セリナが思ったよりもずっと早く帰ってきてくれたのは喜ばしいが、まさか連れてきた相手が貴族で、しかもジャルラの里との交流を申し込んでくるとは。これは誰も考えていなかった展開だ」

「私の知る限り、ジャルラの歴史上、前例がなかった話ね。ベルン村は以前の開拓計画の時から注目していた場所だから、全く知らない相手ではないけれど……」

「北への開拓が進めば、必然的にジャルラを旅立つ子達と遭遇《そうぐう》する可能性も増える。先代の女王達も対応に随分と悩んでいたそうだね」

「ええ。アークレスト王国はロマル帝国と違って、純人間至上主義というわけではないわ。亜人種が多く生息しているし、アラクネの集落とも交流があると知っていたから、周辺諸国の中では比較的接触しやすい相手だったもの。それに、彼らが暗黒の荒野へと開拓の方向を広げていくのなら、私達としても生活圏を大きく広げる機会になる。アークレスト王国の版図《はんと》の中へと入っていくのは厳しくても、新しい領地になら話は別。共に開拓に汗を流した経緯《けいい》があれば、私達を受け入れるのにも抵抗は少ないでしょうから」

セリベアの意見に同意して、ジークベルトが頷く。夫妻の見解は一致していた。

「私達のセリナが向こうの責任者の傍に居るのだから、以前よりももっと深く、そして穏やかな話が出来るだろう。里の皆が期待するのも無理はない。セリナもそれを望んで行動している。まだベルン男爵領の情報が足りていないのは確かだが、私個人としても、前向きに検討して悪くはないと思うよ」

「今回の来訪でどこまで相手側の胸の内と情報を得られるかが肝《きも》よ。人魚達もリザード達も、既に彼らと交流を持っているし、実績はもう積み重なっているとはいえ、私達は彼らを直接知っているわけではないのだもの。たとえ、里の皆にもどかしく思われても、慎重にいかせてもらうわ」

「危機管理を担う立場の君からすれば、正しい判断だよ、セリベア。さて、それではジャルラの代表者としての話はこれくらいにしておいて、親としての話をしようか。ああ、その前に、お代わりはいるかい？」

セリベアはジークベルトが手に取ったティーポットをちらりと見てから、首を横に振る。

「お代わりは結構よ。親としての話、ね」

「ああ。セリナが連れてきたドラン君は、君にはどう見えた？　セリナは彼とどう接していたかな？　といっても、お互い〝役目〟を前面に出した状態で話し合っていたのだし、深いところまではまだ分からないか」

「でも、セリナはとってもドラン君に懐いているわね。ベルン男爵から正式に派遣された使節団として必死に態度を繕《つくろ》っていたけれど、私から見たらとても隠しきれていなかったわ。ドラン君はそれをどっしりと構えて受け入れているって印象かしら？　セリナと同い年くらいの割に、もっとずっと落ち着いて……いいえ、老成しているわね。生まれ持った気質なのか、育った環境のせいなのか、セリナの事を手の掛かる妹か何かみたいに思っているかもしれない」

「私達が甘やかしすぎて育てたのは否定出来ないからな。セリナを年少者のように扱うのは、仕方ないさ。あの子に子供っぽいところがあるのは、君も私もあの子を旅立たせる時に一番心配した点だったね。子供が里を旅立つ時は、どんな親だって最悪の場合を想像して覚悟を固めるものだけれど、セリナが見世物にされたり殺されたりしなかったのには、正直安心したよ」

「それは私も。あの子はぽやぽやしているところがあるから、親としての感情を抜きにしても、外に出た子達の中では一番ざんね……心配な子だったもの。魔法の腕は里の中でも上から数えた方が早いのに、誘惑の類が軒並《のきな》み下手なんて、本当にラミアなのかと疑われるような子だったわ」

セリベアの評価は、ジャルラの里を出る前のセリナを正しく評価したものだった。

セリナは若干気の弱いところはあるが、生命を脅《おびや》かす危険が無数に存在するモレス山脈で育っただけあって、いざ戦闘となれば臆《おく》する事はそうそうない。

しかし、普段の生活においては、どうにも抜けているというか、詰めが甘いところがある。

「それだけに、セリナが見つけてきたドラン君は気になるわ。立場を考えれば、有能であるのは間違いないのでしょうけれど、彼がこちらに婿入りする可能性はまずないもの」

「だろうな。そうなればセリナは、所在のはっきりしている子の中で、よその土地に嫁入りする最初のラミアの例になる。正直、娘をどこかの誰かにやる覚悟は固めていたが、手元を離れてしまう覚悟までは固めていなかったよ」

「セリナが私達の不意を衝きすぎたのよ。でも、ベルン男爵領との交流が実現して、それなりに時間が経過すれば、ジャルラの外に出て家族を作るラミアも珍しくはなくなるわ。ジャルラの在り方《あかた》を変える一大事を我が子が引き起こすなんて、まったく……」

「それでも、親として一番大切なのは、セリナが幸せになる事だよ。ドラン君と共に居るのがセリナにとっての幸せであるのなら、そしてドラン君がセリナを任せられる相手であるのなら、送り出してあげたいところだ」

「そうね、そういう相手なら良いのだけれど。母親としてだけでなく、女王としても判断しなければいけないのが、悩みどころねぇ」

†

「今度こそ大本番の話をする時でしょうか、ドランさん」

馬車の中で私の隣に座ったセリナが、少し興奮した様子で身を乗り出して話し掛けてくる。彼女が言う大本番とはもちろん、私達の婚姻《こんいん》についてだ。

そりゃあ、セリナも気合が入るというもの。

「滞在の話をしてからになるだろうから、夜半になってからではないかな？」

「焦《じ》らされているようで、交流の方の話にきちんと集中出来るか心配です」

「まあ、そこは意識を切り替えてもらわないと困るなあ」

「うふふ、気を付けます」

セリナと共に里の外まで使節団を呼びに行った私は、馬車に乗り込み、団員達を引き連れて改めてジャルラへと入った。

里の中では、先程まで家に引き籠《こ》もっていた人々が外に出て列をなし、私達に熱い視線を向けて、兄弟や知人と何やら囁《ささや》き合《あ》っている。

ラミア達の姿が目立つが、その伴侶である異種族の男性達や幼い子供達の姿もあり、ラミア以外の種族はおおむね三割といったところだろうか。

ラミア達の視線は使節団の若い男性達に注がれていて、意図せずとも男の芯《しん》を揺さぶる色香が団員達の心に大いなる刺激を与える。

人間ならぬ大蛇の下半身を持つラミア達の妖《あや》しい視線を受けて、使節団の若者達——私も人間としての年齢は大差ないが——は程度の差こそあれ顔を赤くして動揺している。

ふむ、彼女達には、ぜひともジャルラとベルンの橋渡し役になってほしいものだ。

私とセリナ、ネオジオやシュマル他、一部の使節団員はセリベア殿と面会した館に部屋を用意してもらうが、一般の団員は館近くの家に宿泊させていただく手筈になっている。

護衛の為の団員達を残して二手に分かれる最中も、集落のあちこちから好奇と興味の視線が注がれ続けており、団員達の方も落ち着きのない者がいくらか見受けられる。

「ふむ、強すぎたか」

馬車の中でそう呟くと、隣のセリナが不思議そうな表情で首を傾《かし》げた。

「何が強すぎたんですか？」

「ラミアの皆さんが美人なのは、セリナを見れば一目瞭然《いちもくりょうぜん》だ。今回選抜した団員達にとっては、刺激が強すぎた、と判断したのさ」

セリナの母親であるセリベア殿も大層な美女であるし、里に入ってから見かけた方達も皆高水準の美女ばかりだ。ラミアの生態の都合上、そうならざるを得なかったとはいえ、大したものと言う他ない。

「ラミアですからね。そうでないと子孫を残すのが難しくなってしまいますし……」

私の率直な物言いにはセリナもすっかり慣れており、間接的に自分がとても美人だと褒《ほ》められても、大きく動揺しなくなっていた。

これはこれで寂《さみ》しいものである。

ふむん。まあ、ちょっぴり頬を赤く染めてくれる反応だけでも十二分に可愛らしいので、今はこれで満足しておこう。

何事も足るを知るのが肝要《かんよう》だ。ふむふむ。

私とセリナが外の団員達にはちょっと聞かせられない私的な会話を交わしている間に、使節団の列は目的の館へと到着した。

馬車を下りて、今度はネオジオとシュマルを含む四人で、セリベア殿達に迎え入れられる。

私達が案内されたのは先程よりも広い部屋で、中央には楕円形の机が置かれている。こちらの増えた人数に合わせて変えたのだろう。

交渉が始まる前の僅かな時間に、ネオジオが声を掛けてきた。

「補佐官殿、警備に就いている男の中にどうも軍人か、それに類する佇《たたず》まいの者が見受けられます」

経験豊富な傭兵団の団長だっただけあって、目端《めはし》が利《き》く事よ。

「傭兵か没落した騎士とどこかで結ばれた、というだけの話だったら、わざわざ私に声を掛けてはこないいか」

「左様《さよう》で。受けた訓練の質がいささか高いように見えますな。該当する相手は、いずれも四十は超えております。ここらでは見ない顔立ちなので、ロマルや高羅斗とも雰囲気が異なりますし、山岳民か、ともすればモレス山脈の向こうに住んでいる者達かもしれません。しかし、伝え聞く山岳民の風貌とは一致しませんな。彼らはここらの者らよりも日に焼けた肌とがっしりとした顎《あご》や彫《ほ》りの浅い顔立ちをしていて、暗黒の荒野のさらに西から流れてきた民族を祖にすると言われております。それに対して、あの警備の方々は鼻が高く、先端は鋭《するど》い。下顎は細く尖《とが》って、目と眉の幅も随分と狭い。明らかに山岳民とは人種が違います」

「モレス山脈の向こうか。まだ会った事のない民族か国の者だが、ジャルラの里の方達は遠くまで足を運んでいるのだな」

ふむん、山脈の向こうか。リネットが高羅斗で遭遇した未知の勢力の本拠地の候補だ。安易に結び付けるべきではないが、山脈の向こう側を調べるのにジャルラは中継地点として重要な位置関係にある。

何かあると思うか？

あえてそれを口にはせず、ネオジオに視線で問うと、実際の戦場や人生において私よりもはるかに多くの経験を積み重ねた男は、さてさてと呟いて、顎を撫《な》でた。

ふーむ、思い過ごしであればよいが、不確定の情報ばかり増えてくれるものだ。

年齢的に、セリナの父君も彼らと同年代だろう。果たしてどんな素性の方なのか……

先程より人数の増えたセリベア殿達ジャルラの面々が、事前にこちらが渡した資料とあちら側の資料を手元に広げる。

ふむ、声こそ出さなかったが、セリナが小さく身じろぎして反応したところを見るに、セリベア殿の傍らにおられる男性はセリナの父君かな？

「セリベア殿、改めて紹介させていただきます。こちらがベルン騎士団騎士隊長ネオジオ・サイシェード、外務次官シュマル・ハシタル。今回の交渉に関しましてはこの二名を加えた合計四名にて行わせていただきます」

私の紹介に応え、セリベア殿がたおやかに微笑む。

「お初にお目に掛かります。ジャルラの当代女王セリベアでございます。どうぞお手柔らかにお願いいたします」

セリベア殿の艶《つや》やかな笑みを見ていると、どうしてセリナがあれほどまでに誘惑の所作《しょさ》がド下手なのか、不可思議でならない。まあ、それもセリナの良いところなのだけれどね。

ネオジオとシュマルに会釈《えしゃく》し、セリベア殿が続ける。

「先程の会合でご提示いただいた話に関しまして、私共の方でもよく吟味《ぎんみ》させていただきました。大変、有意義な内容であると、皆が認めるところです。そして、お贈りいただいた素晴らしい品々に関しましても、皆が目の色を変えてしまいました。ベルンの方々は他者の欲する物を見抜く力に長《た》けておられますのね」

リザード族やウアラの民の時の例に倣《なら》って、ジャルラの里では手に入りにくく、なおかつ興味を持ってもらえる品を選んできた。

モレス山脈の隠れ里という性質上、手に入れにくい衣類や薬種《やくしゅ》を中心に、魔晶石《ましょうせき》や各種の精霊石も、魔法を主要な自衛手段とするラミアである彼女らには喜んでもらえるだろう。

それに、ここまで馬車を引いてきたホースゴーレムも、有用な労働力になるはずだ。

ベルン村でも衣類は自前の分しか生産していないが、よそから取り寄せる事は出来る。

昨今の注目ぶりもあって、ベルンには急速に各地から様々な品物が流入してきており、これまではガロアに行かなければ手に入らなかった品物も買えるようになった。

このまま賑わいが増していけば、村から町、町から市と呼べる規模になる日も遠くはないかな？

「お気に召していただけたのなら幸いです。我が主《あるじ》からのせめてもの心尽《こころづ》くしでございます」

「ええ、私共にとってはある意味暴力的なほどに効果的でございました。それから、里の者が使節団の皆様に不躾《ぶしつけ》な視線を送ってしまいました事を、先にお詫《わ》びいたしますわ。あのように若く健康な殿方達は、私共にとってあまりにも眩《まぶし》く、年若き者達にとっては、それこそ人間大の宝石に勝《まさ》る宝物ですから。うふふふ……」

セリベア殿に釣られて、私もあはは、と声に出して笑う。

ねっとりとしているようで、妙に乾いた感じもする両者の笑顔を、セリナとネオジオとシュマルの三人は、どこか引いた顔で見ていた。

私だってセリナのご両親を前に正直心の余裕がないのだ。多少、奇行に走っても温かく見守ってほしいものだ。

ほどなく笑顔を引っ込めた私とセリベア殿は、建設的な意見の交換を始める。

先方が催《もよお》してくださる歓迎の宴《うたげ》まで、あと二、三時間ほどか。

その宴の後にセリナとの婚姻について、ご両親と私的な話し合いもしなければならないだろう。

私は色々な意味で緊張感を持って、目の前の会談に臨んだ。

ジャルラとの交流の為の会談が、公的なものであるのに対し、婚姻に関する話し合いは極めて私的なもので、公私揃って緊張せねばならんとは。いやはや。

さて、それはそれとして、今は公的な場面だ。気持ちを切り替えよう。

今回の一件において、どうやらジャルラ側も自分達の現状の打破を考えていた節が見受けられ、個人的にはかなりの好感触を得た。

正式な回答を頂戴するのは後日ではあるが、まず里の者を数十人単位で先行してベルンに派遣してもらい、ベルン男爵領の実状を確かめていただく。その後に本格的な交流を始める、というこちらからの提案も同意してもらえそうだ。

政治的な交渉がどういったものであるか、私は他の例を知らないが、ネオジオやシュマルの反応を見る限り、それほど突拍子《とっぴょうし》もない内容ではなかったようだ。

ただ、これから私が話す内容に関しては気を引き締めて掛からねばならぬと、ネオジオ達も表情を険しくしていた。

「セリベア殿、私達がジャルラの里の皆様にお声掛けをしたのは、皆様と正しい縁《えにし》のもとに友好の儀を結ぶ為です。しかし、それ以外にも、どうしても今のうちにお伝えしなければならない話があったからです」

馬鹿正直にこちらの意図や情報を伝えるのは愚策《ぐさく》だが、時にはそれが最善の選択肢になる事もある。

今の状況と相手との関係を考えれば、あえて愚《おろ》かな策を選ぶのが良いだろう。

ただそれは、話を早く進めたいという私達の傲慢《ごうまん》であると言われれば、決して否定出来なかった。卑下《ひげ》しすぎかな？

「暗黒の荒野の諸勢力に統一がなされ、かの地は一つの強大な勢力としてまとまりつつあります。いずれ来るであろう彼らからの侵攻に対し、可能な限りの方々と協力関係を構築し、これを迎え撃つ事で、彼らのもたらす破壊と支配を打ち払う。それが今回の訪問のもう一つの目的なのです」

私が口にした言葉の意味をこの場の誰もが理解した時、一切の音が消え、しばし室内の空気が凍った。

静寂《せいじゃく》を破ったのは、真剣な眼差しをこちらへと向けるセリベア殿だった。

「暗黒の荒野の諸勢力の統一というだけでも一大事ですが、それらの侵攻となると、心穏やかではいられませんわね」

表情を凍らせる他のラミアの方々とは違い、彼女には柔らかな微笑を浮かべる余裕があるようだ。傍らのセリナの父君も表情は硬いが、こちらもまた伴侶の心情を慮る余裕が見て取れた。

私の目配《めくば》せを受けて、ネオジオが新たな資料をラミア側に配布した。

それが行き渡るのを待ち、私は再び口を開く。あまり愉快《ゆかい》な話ではないが、しないで済ませられる話ではないからな。

「前兆は既に昨年の夏に表れていました。あなた方もそれに気付き、いつか必ず来るであろう脅威に対しての備えを進めていたはずです。皆さんの危機意識の高さは私なりに理解しているつもりです」

昨年の夏、久方ぶりにゴブリンの大群がベルン村に押し寄せてきたのだ。モレス山脈は進軍経路から大きく外れているものの、荒野や川辺に棲まう蛇達と契約や友好を結んで構築した警戒網を持つジャルラの方達が、これに気付かなかったはずがない。

セリベア殿は表情も雰囲気も変えない。

こちらの言葉を吟味しておられるか？　私は自分の資料に一度視線を落としてから、再び口を開いた。

「私達も昨年の襲撃以来、待ちの一手だけをとっていたわけではありません。ゴーレムや使い魔を用いて、暗黒の荒野への探索を幾度《いくど》となく繰り返し行なってきました。過去の経緯から考えても、かの地の勢力が真っ先に狙うのはベルン村かロマル帝国ですからね」

私が用意した資料には、虫や鳥型のゴーレム達の視界を通じて目撃した暗黒の荒野の光景が、そっくりそのまま写し取られたかのような精密さで印刷されている。

記憶の中の光景などをそのまま紙などに写す念写と呼ばれる技術だ。

たとえば風景や人の容姿を言葉にして説明しようとすると、どうしても個人の主観が入ってしまう。しかし念写を用いれば客観的かつ正確な情報が伝えられる。

この点から、今では実に多くの分野で重宝されており、覚えておくと就職先が広がるので、ガロア魔法学院でも必修魔法に組み込まれていた。

「これはっ、ここまで暗黒の荒野で準備が進んでいたとは」

資料に目を通したセリベア殿や他のラミアの方々から驚愕《きょうがく》の声が漏れる。

彼女達も当然偵察はしていただろうが、暗黒の荒野側も防諜《ぼうちょう》を意識しているので、軍備の確認まではは出来ていなかったか。

詳細な情報を提出した事で、情報収集の面ではベルン側が勝ると認めてくださると、少しは交渉が有利になるかね。

精密な念写が可能な特殊な用紙に写っているのは、金属製の鎧兜で身を固め、長槍を携えて整然と並ぶゴブリンやオーク達。他にも、大型の鳥獣や爬虫類に跨《また》がって鉄砲を構える者、魔法使いと思《おぼ》しき者、大砲を牽引する巨大な亀や牛馬、グリフォンやマンティコア、ワイバーンを操る騎手達がいる。

また、数は少ないが人間の集団の姿も見受けられた。暗黒の荒野に生を受けた異民族の者達だろう。

魔族の軍門に降《くだ》ったか自ら率先して軍勢に加わったのかは分からないが、彼らもまた魔族の軍勢の一員であるのは間違いない。

それればかりではなく、ベルン村の付近では見かけない複数の魔獣達や巨大なゴーレム、言語や魔法を操る知性を失った下位の亜竜達の姿さえある。

よほど優秀なビーストテイマーやゴーレムクリエイターを揃えているのだろう。魔獣達もゴブリンの兵士同様に整然と列をなしていて、過剰に警戒心を剥き出しにしている様子はない。

野生の魔獣達ならとっくに殺し合いが始まっている距離でも制御が行き届いており、貴重な戦力を減らすようなヘマをやらかしてはいなかった。

少なくない数の亜人も写り込んでいるが、その中でも目立つのは、肌の色が青や赤であったり、頭から角を生やしたりしている多種多様な魔族の姿であった。

彼らは、かつて大魔界からこの地上へ移住してきた魔族の子孫達だ。

幸いにして、今は神の領域の力と霊格は失われているが、個々の力は人間型の生物としては図抜けている。

特に先祖の血の濃い者は、神の亜種と呼べるほどの圧倒的な強者だ。

「暗黒の荒野を統一したのはこの魔族の一団です。以前から有力なゴブリンやオーガの氏族による骨肉の争いが繰り広げられていましたが、この様子を見るに、上手く臣従《しんじゅう》させたようですね。その手腕に関しては、見事であると認めざるを得ません。どうやら暗黒の荒野では、住民を総動員して、軍備の増強に努《つと》めていた様子です。食料を確保する為の大規模農園の開拓に、大量の武具を生産する設備、それらの原材料となる鉱山の開発、多様すぎる種族の混成軍の指揮系統の確保と戦術の構築。前もって数年か数十年を掛けて暗黒の荒野の外への侵攻に備えてきたと思われます。だからこそ、恐ろしいまでの短期間で暗黒の荒野の統一が叶ったのでしょう」

「補佐官殿は気楽に仰《おっしゃ》いますが、この念写に写っているだけで二十万にも届こうかという軍勢です。暗黒の荒野はこの十数年で徐々に豊かさを増してきましたが、尋常《じんじょう》な方法ではこれだけの軍勢を充分に養《やしな》える国力を得るまでには至らないはず。いずれ軍と国を維持する為の食料と領土を求めて動き出すのは確かでしょう。いえ、もう動き出しているのですね。暗黒の荒野からこのように統率された軍勢が来るなどとは夢にも思っていない周辺国には、途方《とほう》もない脅威です」

そう言って、セリベア殿が僅かに目を細める。

事前の想定をはるかに超えるものを見せられれば、さしものジャルラの女王も心穏やかではいられないようだ。私としても出来るなら心労を掛けたくはないのだが、これればかりはしないままで済ませられる話ではないからな。

「ベルン男爵様や補佐官殿のような方を擁《よう》する貴国は、本当に恵まれておりますわね。ここまでの軍備を整えていた事に関しては、私共も予想外であったと言わざるを得ません。もし魔族が本気で覇《は》を唱《とな》えようとしており、この隠れ里にも目を付けるのならば、いくら地の利があろうとも、私達が彼らの軍門に降《くだ》るのは時間の問題。ベルンの方々がモレス山脈の諸勢力と友誼《ゆうぎ》を結ぼうとお考えになるのも当然ですわ」

言わずもがなだが、この場に居る他のジャルラの方達に改めて情報を整理させ、理解させる意味もあって、セリベア殿はくどくどしいほどに言葉を重ねたのであろう。

彼女は一度深く息を吸い、熟した美貌《びぼう》を引き締め直して私を見る。

私を娘の伴侶ではなく、女王の立場で相対しなければならぬ相手と改めて考え直されたか。

「礼を失した言葉になりますが、これだけの戦力を整えた相手にベルン領の皆様は勝機を見出しておられるのでしょうか？　古来我らラミアは魔物と恐れられ、蔑《さげす》まれる存在。人間種よりも魔族側と手を結ぶ方が自然であると、そうはお考えになられませんか？　あるいは、貴方達はそうは思わなくても、我らを深く知らぬ王国の方々は疑心暗鬼《ぎしんあんき》に駆られるのでは？」

セリナが咄嗟《とっさ》に口を開きそうになるのを机の下で手を掴《つか》んで制止し、私はにわかに危《あや》うくなった雰囲気に構わず答える。

なに、このくらいは事前に想定済みであるとも。

「無論、これらの軍勢に対する勝機はございます。暗黒の荒野と接しているのは我がアークレスト王国をはじめ、今は戦乱の最中にあるロマル帝国、遠く北西に位置するローハン帝国など。自然と暗黒の荒野を包囲する配置になっています。暗黒の荒野の軍勢が南下するのか、西に向かうのか、いずれにせよ、彼らがその戦力全てを一方に費やす事はないでしょう」

魔族側に探りを入れていない為、状況からの推測になるが、事前に女王としての経験を持つドラミナと膨大《ぼうだい》な情報処理能力を持つドラッドノートと相談の上、至った結論だ。それを踏まえた上で、私はベルンの構築した対策を口にする。

「王国としての対処に関してこの場で詳しくは申し上げられませんが、ベルン男爵領としては、モレス山脈並びにエンテの森との連合によって暗黒の荒野の軍勢と矛《ほこ》を交える計画です。それでも数の上では到底及びますまいが、モレス山脈の複数の竜種と同盟を結びました。具体的に名を挙げると、風竜オキシス、ウィンシャンテ、雷竜クラウボルト、水竜ウェドロ、地竜ガントン、ジオルダ、火竜ファイオラ、深紅竜《しんくりゅう》ヴァジェなどです」

ちなみに、今挙げた竜種の中で、私が古神竜ドラゴンと知っているのはヴァジェだけである。

「まさか、モレス山脈の竜種達と⁉」

「ええ。お互いに軍事的な脅威が迫った際には共同でそれに対処する軍事同盟、またベルン男爵領内での交易に関わる協定などを結びました。彼ら竜種のみならず、その眷属《けんぞく》であるワイバーンやワーム、ドレイクなどといった下位の竜種達もこちらの味方になります。彼ら竜種だけでも、頼りになりそうでしょう？　それに上位種の深紅竜もこちらに助力してくれています。彼女は単独で大国の軍勢にも匹敵する戦力です。暗黒の荒野の亜竜程度は問題にもなりません」

亜竜や劣竜などと呼ばれる下位の竜種でも相当な戦力であるが、それを軍勢として利用出来るのなら、さらなる戦力になる。

しかし、こちとら〝退化せざる竜種〟と、とっくに協力関係を構築済みだ。

彼らは私が古神竜ドラゴンと知らずとも、どうやら高位の竜種の生まれ変わりであるらしいとは察している。それに、私が水龍皇龍吉《すいりゅうおうりゅうきつ》・瑠禹《るう》母子《おやこ》と縁深い事からも、だいぶ配慮してくれている。

もちろん、今回の協定に関しては、彼らにも利益のある内容だったから結ばれたものだ。

「なるほど。確かに、それなら数は大きな意味を持たないでしょう。モレス山脈に住む以上、時折竜種を見かける事はありましたが、その度にこちらが見つからないように祈るばかりでした。竜種は決して凶暴な種族というわけではありませんが、それでも他の種族と比してあまりに強すぎるのです。そんな彼らと協力関係を結んだあなた方は、呆《あき》れるほどの胆力《たんりょく》をお持ちのようですね。それに、その手腕には驚嘆《きょうたん》せざるを得ません」

「故郷の為と思えば、恐怖で手足が震えるのを抑えるくらいの事はいくらでも出来ます。しかし、ジャルラの皆様が私達と手を携えてくださるか、魔族の側につかれるか、こればかりはあなた方の意思に委ねるしかありません。あくまで私個人の意見ですが、確かに彼らは繁栄をもたらすかもしれません。しかしそれには、支配と破壊と血が色濃く纏わりつくでしょう。そして、ラミアという種に対する悪《あ》しき風聞《ふうぶん》をますます広めるのは間違いありません。私はその事がジャルラの里の皆様と他のラミアにとって、何よりの災《わざわ》いになると思えてならないのです」

私はセリベア殿の目をまっすぐ見つめながら続ける。話を始める前よりはいくらか顔色が良くなったろうか。暗黒の荒野の軍勢に一方的に膝を屈する事はない、と少しは思ってくれていたら良いのだが。

「王国全土で見れば、まだラミアに対する恐怖や敵意というものは根強く残っているのは否定出来ません。しかし、我がベルン男爵領においては、たとえラミアであれ、いたずらに傷つける事は、人間を傷つけるのと等しい罪と法に定めています。人間種に根付いたラミアへの印象は、今日明日に拭《ぬぐ》えるものではありますまい。ですから私共は、ベルン男爵領をきっかけとして、人間達にラミアとの共存の考えを広げていければと考えているのです。これからもずっと隠れて暮らすよりも、堂々と太陽の下で恋路を行く方が、貴女達《あなたたち》にとってよほど良いでしょうから」

「そう、それが貴方のお考えですか」

「私個人だけの考えではありませんよ。ベルン男爵をはじめ、ベルンでセリナに近しい者達なら、ジャルラだけでなく全てのラミア達と友好関係を築ければと願っています」

「それは……いいえ、それこそ一朝一夕《いっちょういっせき》でどうなるものでもありません。ラミアの中にも多くの考えを持った者がいます。当然、貴方達の差し伸べた手を取ろうとしない者もいるでしょう」

「差し伸べた手を払われたとしても、諦めずにまた手を伸ばします。私はもちろんベルン男爵も諦めの悪い方ですから。まあ、時には強引に手を引っ張るくらいの真似をしでかしてしまうかもしれませんが……」

少しおどけた調子で告げると、セリベア殿はふうっと小さく息を吐きながら微笑を浮かべ直した。

魔物と恐れられるラミアに手を差し伸べると告げた私達への呆れは仕方ないにせよ、少しでも喜びを感じていただけたのなら、口にした甲斐《かい》があるのだが……

「貴方達ベルンの方々の誠意はよく伝わりました。きっと前向きな返事が出来るでしょう。そろそろ日も落ちる頃合いです。今日は遠く我らの里まで足を運んでくださった皆様のお疲れを癒《い》やすべく、精一杯の心尽くしを用意させていただきました。どうぞ一時《いっとき》だけでもお仕事を忘れて、私達の歓待をご堪能《たんのう》くださいましな」

しゅるりととぐろを巻いていた下半身を解《と》いてセリベア殿が立ち上がり、私達を歓迎する用意を整えてある広間へと誘う。

前向きな明るい材料だけを伝えるのにとどめ、あえて不安を煽《あお》るような話はせず、暗黒の荒野の件を秘したまま交渉に臨む手もあった。しかし、黙っていようといまいと、連中の軍勢が襲い掛かってくる未来は変わらない。ならば事前にこちらの胸襟《きょうきん》を開いて、侵攻を受けた時の衝撃を和《やわ》らげつつ、より親密な関係を築けるよう動くべしとクリスと取り決めたが故《ゆえ》の交渉であった。

これはジャルラだけでなくウェドロの庇護を受けているウアラの民やリザード族、エンテの森の諸種族、モレス山脈の竜種達との交渉でも同じである。

多くの竜種は、暗黒の荒野側に眷属たる亜竜や偽竜らしき生物が居る事に鼻息を荒くして、好戦的な様子を見せたほどであった。

ちょうど先日、古神竜ドラゴンとしての私を含む始原の七竜が地上の同胞と交流を深める為に降臨したのも原因の一つだろう。

地上の竜種にとってこれほど大事な時期に、よくも手間を掛けさせてくれるな、という怒りも含まれていたように思う。

ウェドロやオキシスは既にモレス山脈へ帰還しており、私や竜界の者達に目通りが叶った事で夢見心地になっている。

直に顔を合わせて言葉を交わしただけで、こちらが驚くほど感動されてしまった。

地上の竜種に、竜界の者達がもっと気軽に接せられる存在であると認知してもらえるようになるのは、果たしていつになるやら……

ともすれば全てのラミア達と人類が共存するよりも後の話になるかもしれないな。

まあ、長い目で見て、一歩ずつ進んでいくしかないわな。ふんむ。

†

——使節団とセリベアの会合が持たれた日の夜。

ドランをはじめ、ネオジオやシュマル達は、セリベアやジークベルトらといったジャルラの上層部と晩餐《ばんさん》の料理をつまみながら談笑している。

あくまで歓待の場という事で、双方共に先程会議室の空気を凍らせた暗黒の荒野の話題などには触れていない。

ベルンからの使節団を歓待する晩餐会は、女王の館の中に設けられた広間の一室で、人数を考慮して立食式で行われていた。

ジャルラでは外部からのまとまった数の来訪者があるのは珍しいが、ごく稀に他のラミアや蛇人達を迎える事があり、その際に使用する広間だ。

広間の天井から下がる大きな壺型《つぼがた》の硝子細工《ガラスざいく》の中に収められた光精石と、貴重な蝋燭を立てた燭台《しょくだい》が灯りとなって、床にラミアとそれ以外の種族の影が落ちる。

壁際に配置されたテーブルや点在する円卓には大皿が並び、小分けした料理をそのまま口に運べるように工夫されていて、食器をそれほど使わなくて済むようになっている。

リャモギという山羊《やぎ》の仲間の肉や、その乳から作ったチーズの他、モレス山脈の地面でも育つモロコシや芋類《いもるい》を粉にして焼いたパンやリャモギの乳で煮詰めた粥《かゆ》等々。セリベアの指示通り、使節団の旅の疲れを考慮した胃に優しい消化しやすい料理が多い。

味付けはモレス山脈で産出される岩塩と数種類の香草に辛子《からし》や山椒《さんしょう》に似た高山植物によるものが主だが、リャモギのモモ肉などの主菜は薄めの味付けだ。

他にも、モロコシと芋から作られた強い酒類や果実酒、やや苦みの強いお茶や温めたリャモギの乳などが用意されている。

魔法具を惜しみなく持ち込んでいる使節団では、道中の食事は常に温かいものが並んだが、やはり心からのもてなしとして用意された料理は、団員達の胃袋を歓喜させる。

交代で参加する兵士達は酒類の摂取《せっしゅ》は禁じられていたものの、大変な美女揃いのラミア達からの歓待を受け、すっかり旅の疲れを忘れている様子だ。美しく着飾った年若いラミア達を相手にすっかり鼻の下を伸ばしているのは、使節団の上司もラミア達もあえて見逃している。

ドランから〝友達と話しておいで〟と送り出されたセリナは、この場に居合わせた懐かしい顔ぶれのもとへと向かう。

これまた懐かしい料理に舌鼓《したつづみ》を打ちながら、和気藹々《わきあいあい》と話しはじめていた。

セリナの装いはこの場に合わせて華やかなものになっている。

ベルン村で誂《あつら》えてもらった薄い紅色のドレスに、エンテの森のエルフ達から贈られた大ぶりの琥珀のネックレスを身につけ、ディアドラ謹製《きんせい》の黒薔薇の香水がほのかに香る。

ガロア風の衣服を纏うセリナに対し、友人のラミア達は地元の装《よそお》いだ。布が貴重なジャルラでは、祖母や母から受け継いできた衣装や薄いヴェールに少しずつ手を加えて、宴や婚礼など特別な時に着る。

今回は使節団の若く健康な男性達を見定める機会でもあるので、若いラミア達は特別な衣装に身を包んでどこか浮足立っている。

セリナと同年代のラミア達は婿探しに旅立った後、まだ戻っていないようで、今いるラミア達は彼女よりも下の世代か、事情によって旅立ちを見送った者だ。

セリナの周りに集ったラミア達は口々にセリナの無事の帰還を喜んだ。彼女達の話題は自然と外から持ち込まれた衣類や装飾品に移り、しきりに羨《うらや》ましがった。

当然、使節団の贈り物には、これらの品が多数含まれていたが、流石にジャルラのラミア全員に行き渡る量はない。

矢継《やつ》ぎ早《ばや》に繰り出される質問の合間を掻《か》い潜《くぐ》って、セリナも自分から質問を発した。

「ねえねえ、私の話はもういいから、皆は今日来た男の人達で誰か気になる人は見つかった？」

一応、使節団の一員として、団員達をどう思っているか確認しておこうと考えが及んだのである。

セリナが発した問いに、心当たりのある何人かのラミアが頬を赤く染めて、気になる相手に視線を巡らせた。

ふむふむ、これはなかなか脈ありですぞ――と、セリナは心中でおどける。

「ジャルラに来るのが決まった時に、きちんと選んだ人達だからね。道中は私とずっと一緒だったし、ラミアの外見に対しても慣れていると思うから、いきなり怖がられたりはしないよ」

「でも、人となりはまだ分からないでしょう？　一生の伴侶なんですもの、きちんと相手の事を知っておきたいし、慣例とも違うから少し緊張しちゃうの」

困ったように笑うのは、セリナより二つ年下で、赤い髪を首筋《くびすじ》まで伸ばし、前髪を髪留めでまとめているラミアだった。

彼女の言う通り、ラミアにとって伴侶探しは一生で唯一の相手を探す、人生と種の未来を懸《か》けた一大事である。

確かにラミアは総じて美しく自然と色香を纏っているが、だからといって彼女らが皆淫乱だったり好色だったりするかというと、話が違ってくる。

彼女らが男と交わるのは生涯を捧《ささ》げるべき相手だからこそであり、まさに命懸けにも等しい行為だ。

もしかすると今宵《こよい》、言葉を交わし、熱い眼差しを交わし、手を握り合う者はいるかもしれない。

「ねえねえ。あの領主補佐官のドランさんが、セリナお姉ちゃんのお相手なの？」

長い紫色の髪を三《み》つ編《あ》みにして垂らした、セリナよりも年下なのにやたらと色っぽいラミアが質問した。

故郷のよく見知った相手に〝そういう関係だ〟と告げるのには、独特の恥ずかしさがある。

答えるセリナの顔には、少しだけ赤く染まっていた。

「うん。結婚の約束もしているの。あっちの状況が忙しくって、実際に結婚するまではまだ色々としないといけない事が多いかな？　それに私は、結婚してもジャルラには戻らずにベルンで暮らす予定だしね」

ドランとの結婚事情に関しては、セリナにしてもやきもきする部分はあるのだが、現在の仕事の忙しさや社会的な立場を考えると、すぐには決まらないだろう。

その点については、セリナ含めバンパイアクイーンのドラミナや、ディアドラ、クリスティーナといったドランの婚約者達も了承している。

しかし、そんな話を知らないラミア達からすれば、婿入りではなく嫁入りを考えているというセリナの発言は、大きな驚きをもたらすものだ。

今度は先程とは別の、垂れ目で青い髪を高く結《ゆ》い上《あ》げたどこか小動物的な雰囲気を持つラミアが声を上げる。

「ええ!? じゃあ、やっぱりあの人がこっちに婿入りするんじゃなくて、セリナさんが嫁入りするの? そんなの聞いた事がないわ。女王様達がお許しになるのかな?」

「うん、それが私も気になっていたの。これからママ——ううん、女王を説得してどうにかお許しを得るつもりだよ。ドランさんはとっても素敵な人だし、大好きだから結婚を諦めるつもりはないよ」

「でも、それじゃあ、許されなかったらどうするの? そうしたら、えっと、困っちゃうねえ」

「その時は、うん、許してもらうまで結婚はしないで、説得を続けるかな? ドランさんの事は大好きだけれど、私はママとパパも大好きだから、結婚するならきちんと認めてもらってからじゃないと」

言葉こそは優しいが、決して退かぬ意志を感じさせるセリナの言葉に、周りのラミア達はその先に待つ未来への不安とかすかな期待を胸に抱く。

彼女らにとって外の世界に出て、伴侶を見つけて里に帰ってくるのが最善の結果であり、それ以外の道は外の世界で朽《く》ちて帰ってこないという最悪の事態のみであった。

その二つの選択肢に対し、セリナは第三の選択肢とそれを実現させるのに必要なものを揃えた上で帰還してきたのだ。

女王と里の長老衆の判断次第では、今後のラミア達には新しい道が開け、セリナはその新たな道の先頭を行く者となる。

質問をした垂れ目のラミアが話題の重さにむむむと唸《うな》る一方で、色っぽい三つ編みのラミアは、明るい展望を見出したようで、笑みを浮かべながら唇《くちびる》を開く。

「セリナお姉ちゃんの嫁入りが許されたら、一緒に旅立った人達が戻ってきた時にきっと驚くわねえ！　わざわざ旅に出なくても、男の人達がたくさんいるところに堂々と行けるようになっているはずだし、なんで自分達の時にこうならなかったのって、怒っちゃいそうだわ」

「そうだね。これまでのジャルラの掟《おきて》ややり方が随分変わってしまう可能性もあるから、女王達も相当悩むと思うよ。それに、ドランさんの結婚相手は私だけじゃないし」

それを聞き、三つ編みのラミアが目を見開く。

「え、え、え？　あのドランさんは、セリナお姉ちゃん以外とも結婚するつもりなの？　それとも、もう妻帯者《さいたいしゃ》だったりするの？」

やっぱり驚かれちゃったな――と、セリナは心の中で溜息《ためいき》を零した。

「ううん、ドランさんはまだ独身だよ。えっとね、まずベルン男爵であるクリスティーナさんでしょ、それにエンテの森の黒薔薇の精のディアドラさんに、クリスティーナさんの秘書をしているバンパイアのドラミナさん。この人達は確実にドランさんの奥さんになるかな。領主であるクリスティーナさんに対して、ドランさんが婿入りしてから、私達がドランさんの奥さんになるって話になっているの。クリスティーナさんは凄《すご》く恐縮していたし、結婚式は皆でまとめて行うか、四日間連続でするかって、色々と話している最中なの」

今列挙した三名以外にも、セリナの脳裏《のうり》には、ドランとの婚姻を望む候補者の顔がちらついていた。そのほとんどは、ドランとの婚姻関係を公《おおやけ》に出来ない特別な素性の者達だ。

セリナの発言にまた違った意味で周囲のラミア達は色めき立つ。

ラミアの嫁入りがジャルラにとって先例のない話なら、嫁入り先でさらに複数の妻の内の一人になるというのも先例がない話であった。

「あのドランさんって、人の好さそうな顔をして、結構な女誑しなのねえ」

色っぽいラミアの娘が、セリベアとジークベルトと和《なご》やかに話しているドランを見ながら、実にしみじみと呟いた。

誑《たぶら》かされた側であるセリナには、それを否定する言葉を持ち合わせてはいなかった。

昨年の夏、ドラミナにドランを取られたと思って大泣きしたのも、その後で罪悪感に悩まされている様子のドランに求められて大喜びしたのも、今となっては良い思い出である。

（でもママとパパからしたら、簡単には納得出来ない話だよね）

セリナがドラン達の方を見ると、セリベアが手招きをしていた。

微笑こそ浮かべているが、ジークベルト共々どことなく威圧感を発している。どうやら向こうでもセリナの嫁入りについて本格的な話をしたのだろう。

となると、極めて私的でありながら公的でもある複雑な話をする為に、別の個室に移って四人だけで話をしなければならない。

もしかしたら、両親とこれまでで最大の親子《おやこ》喧嘩《げんか》になるかもしれないと、セリナは緊張に体を強《こわ》張《ば》らせた。

第二章――人生最大の戦い

晩餐会は和やかな雰囲気のまま終わりを迎えた。

ベルン男爵領使節団の面々はジャルラ側に用意された宿へ足を運び、寝ずの番をする護衛以外は、眠りの国へと旅立つ準備を始めている頃だろう。

使節団の代表である私はネオジオやシュマルらと明日以降の活動について微調整などをするのだが、その前にセリベア殿とジークベルト殿に声を掛けられて、セリナを含む四人で面会する事となった。

改めて語るまでもない。ないが、とうとうこの時がやってきたのであると、私は生唾《なまつば》を呑み込んだ。有《あ》り体《てい》に言って、緊張している。

これから私はベルン男爵領の補佐官としてではなく、セリナの伴侶候補として義理の父母になる方々と顔を合わせるのだ。

セリナもセリナで、顔に緊張の色を浮かべている。彼女はこれから愛する両親に、生まれ故郷の掟から外れた願いを申し出ようとしている。

自分の緊張ばかりに囚《とら》われて、セリナを疎かにしてしまっては本末転倒だ。改めて気合を入れ直し、セリナと共に部屋へと足を踏み入れる。

この館は代々のジャルラの女王の住居でもあり、その中でも特に私的な区画の中にある部屋に通された。

家族と安らぐ為の区画に呼ばれた以上、やはり女王の顔を忘れて、セリナの親として私と話をしたいのだと解釈するべきであろう。

部屋の外に護衛や侍従《じじゅう》の姿はなく、部屋の中にもお二人の気配しかない。

「失礼いたします。セリベア殿、ジークベルト殿、ドランです。セリナも一緒です」

「ええ、どうぞお入りになって」

部屋の中から返ってきたセリベア殿の声は、女王として振る舞っておられた時よりも幾分《いくぶん》か柔らかい印象を受けた。

ふむ、あちらはもう母としての心情に切り替わっておられるか。

扉を開いて中に入ると、部屋の中心に何枚もの敷物が重ねられ、そこにラミア用の大きなクッションが置かれているのが見えた。

その上で長大な下半身を伸ばしたセリベア殿が腰を落ち着け、隣にジークベルト殿が椅子に腰掛けて柔和な視線をこちらに向けている。

セリベア殿達の対面にセリナ用のクッションと私用の椅子が置かれており、私達は勧められるままに腰を下ろした。

私とセリナはお互い緊張しているなと思いつつ、婚姻の挨拶をつつがなく終わらせるべく、史上最大の敵と向かい合う。

――いや、敵と言っては語弊がある。壁と例える方がまだ適切だろう。

「こんな遅い時間に呼びつけてしまってごめんなさいね。もう褥《しとね》に入る頃合いだったかしら？」

やはりセリベア殿の口調が先程までと比べると随分と砕けている。こちらとしても、その方が肩の力を抜いて言葉を交わせるというもの。

「いいえ。今日はあまりに実りの多い一日でしたので、ベルン男爵に良い報告が出来ると、皆と遅くまで話し合う予定でした」

「あら、それでは私達の為に時間を作ってもらうのは申し訳なかったわね。夜更《よふ》かしを強要してしまったわ。なんなら、また日を改めていただいても構わないのだけれど」

「どうぞお気遣いなく。時間を置いて改めるよりも、このまま話をさせていただく方が私にはありがたいのです」

「そう言ってもらえるのなら良かったわ。それと最初に言っておくべきだったけれど、今宵のこれは、あくまで私的な会談の申し入れであると、理解しておいてもらいたいの。今の私はジャルラの女王セリベアではなく、セリナの母親として貴方と向かい合っているつもりよ、ドランさん」

私の事を補佐官殿ではなく名前で呼んでいるあたりも、立場を変えて対峙《たいじ》しているからこその変化か。

セリベア殿に続いて、ジークベルト殿も表面上は穏やかな態度を維持したまま、私に話し掛けてくる。さて、一人娘を奪いに来た男に対して、父親としていかなる心情であらせられるのか。

「セリベアの言う通り、私も今はセリナの父親としてこの場に居るつもりだ。ここでの話がどうあれ、ベルン男爵領との交流に不必要な影響を出さず、公正な立場で判断する事を予《あらかじ》め約束しておこう。不安要素を抱えたままでは、ドラン君から忌憚《きたん》のない、素直な心情を聞けないだろうからね」

ジークベルト殿がベルン男爵領との交流について言及されたのは、私がいらぬ気遣いをしないようにという配慮だろう。

あるいは父親として何がなんでも本音を聞き出してやるという決意の一端であったかもしれない。後者であるとするなら、説得は腹を据えて掛からねばならないな……ふむん。

「私的な席であるというのなら、素直な心情をお伝えするのが誠意の表れであると心得ております。ただ、私の答えをお二方が気に入るかどうかは、はなはだ不安でありますが」

――さてさて、どうなるかな。

そう心中で零し、私は居住まいを正す。

セリナは母親を真似てとぐろを巻かずにクッションの上に腰を落ち着けて、長大な下半身を床に伸ばす。

その横顔からは、大好きな父母を前にしてもまだまだ緊張は抜けていないのが容易に見て取れる。

ジャルラの習わしに反する行いの原因は私であるから、なんとも申し訳ない気持ちだ。

私のせいでこの親子の間に不和など生じぬように、尽力せねば。それが、私が負うべき最低限の責任だろう。

「ドランさん、私もジークベルトも、耳に心地よい虚言《きょげん》より、たとえ心苦しくても本音《ほんね》を聞かせてほしいと望むわ。それと改めて……私達の可愛いセリナ。無事に帰ってきてくれた事が何よりも嬉しいわ。お帰りなさい」

愛妻に続いて、ジークベルト殿が顔を綻《ほころ》ばせて愛娘に話し掛ける。

「セリベアの言う通りだ。まずお帰りと言わせてくれ。この里を旅立った時以上に健《すこ》やかな様子で、とても嬉しいよ」

「はい、ママ、パパ。ちょっと時間は経っちゃいましたけれど、セリナ、ただいま帰りました」

両親からの優しさに満ちた言葉に、セリナは入室してからようやく晴れやかな笑みを浮かべる。

青い満月のように美しい瞳には、透明な滴が僅かに滲んでいるように見えた。

ふむふむ、仲睦まじき親子の姿は、まことに微笑ましい。

「伴侶を連れて帰ってきたのは、きちんと旅の目的を果たしたと褒めてあげたいのだけれど、まさか我が娘がジャルラ史上最大の問題——いいえ、これは課題と呼ぶべきね。課題を持ち帰ってくるとは思わなかったわ。ねえ、ドランさん？」

そう言って、セリベア殿は私を一瞥《いちべつ》した。

「その課題の一部である私としては、いささか言葉に困ってしまいます。もちろん、セリナの伴侶になる以上彼女に見合う男であろうと、日々自分に言い聞かせておりますし、そうであろうと己を戒《いまし》めております」

「そう、セリナを高く評価してくれているのは、母としては嬉しい限りですわね。ねえ、ジークベルト」

「ああ。私と君の自慢の娘だからね。だからこそ、その娘が婿を取るのではなく嫁入りを願う顛末になってしまったのは——君らにはすまないが、悲しいものだ。いや……寂しいと言うべきかな」

「お二人、そしてジャルラの皆さんにとって受け入れがたい話を願い出た事に関しては、申し訳なく思っています。しかし、私としてもセリナを手放すつもりはありません。私には勿体《もったい》ないこんな素敵な女性を、今更他の男にくれてやるつもりは毛頭ないのです」

「ふふ、それはそれは。私達の娘に相当入れ込んでいるようだね。それに虚言を呈《てい》するような方でもなさそうだ。だからこそかな、余計に私もセリベアも君がセリナ以外の女性とも婚姻をするという話には、心穏やかではいられないよ」

ふむ、いよいよもって、抜き身の刃を片手に本題に切り込んできたか。

セリベア殿も伴侶の言葉を受けて、これまで愛娘に向けていた柔らかな眼差しを鋭くし、私に非難と疑惑の色の混ざった視線を私に向けてくる。

私にとって、お二人からの視線と問い掛けは、これまで相対したいかなる邪神や魑魅魍魎《ちみもうりょう》の類よりもはるかに応えた。

だが、お二人の私に対する態度は正当なものである。私は甘んじてこれを受け入れる他ない。

「はい。お二人にとって、好ましからざる話になる事は重々承知していました。それを理解した上で、私がセリナを伴侶にと望んでいると考えていただいて構いません」

はっきりと告げた私に、セリベア殿は大きめの溜息を零してから、ゆるゆると首を横に振った。

「改めて言われると、やはり面白い話ではないわね。貴方がセリナを好いているのも、セリナが貴方を好いているのも、これまで見た限りでは間違いではないのでしょうけれど。ドランさん、貴方は生まれついての貴族というわけではないそうね。他に婚姻する方々や貴方のベルン男爵領における立場や今後の展望を含めて、そしてセリナがどうなるかを聞かせてもらいたいものだわ」

「分かりました。ベルンにおける私の立場を含めてお話ししましょう」

それから私はセリナ視点での話も含めて、可能な限りお二人に話をした。

私が元はベルン村の一農民であったが、ガロア魔法学院への入学をきっかけに、表沙汰《おもてざた》には出来ないところで武勲《ぶくん》を挙げ、騎爵《きしゃくじょ》に叙せられた事。

現在はベルン男爵に叙せられたクリスの補佐官として正規の騎士にも任官され、再開された北部辺境の開拓計画に従事している事。

先程までの晩餐会などでは話していなかったが、主君でもあるベルン男爵クリスとも結婚を前提とした間柄《あいだがら》である事。

そしてその二人以外にも、エンテの森から出向に近い形でベルン男爵領に仕《つか》えているディアドラと、クリスの秘書官を務めるドラミナが婚姻を結ぶ予定の相手であると伝えた。

さらに、これまで何度となくクリスやセリナ自身とも言葉を重ねてきた、結婚の順番などについても語る。

良くも悪くもアークレスト王国内でも目立つベルン男爵領では、体面や風聞を多少なりとも考え、整える必要があった。

まずは主君であるクリスの配偶者として私が迎え入れられ、それから私がセリナ、ディアドラ、ドラミナを妻として迎え入れるというものだ。

ベルン以外の土地であったなら、セリナは亜人種ではなくあくまで魔物であるから法的に認められた夫婦にはなれない。

その代わりに内縁の妻として外聞をそれほど気にせずに迎え入れられるのだが、私としてはやはり誰に憚《はばか》る事もなく夫婦であると胸を張って言いたい。というか自慢したい。

そんな願望などもあり、私達は――ベルン男爵領内に限ってだが――ラミアなど一般には魔物と恐れられる存在も住人と認めて、正式な夫婦になれる法律を作ったのだ。

最初は故郷を発展させるべく貴族の身分と特権を望んだ私だったが、セリナと出会ってからは彼女との仲を誰にも非難される事なく表に出したいという願望の為に尽力した。

現実に婚姻に関する法を作った実績に関しては、セリベア殿にもジークベルト殿にも感心してもらえたようだ。

もちろん私一人の力ではなく、ベルン男爵その人であるクリスが理解を示してくれ、ドラミナが女王時代の知識と経験から多くの助言を与えてくれたお蔭である。

また、村長や司祭のレティシャさん達が認めてくれたからこそ結実したのを忘れてはならない。

「そういう経緯を経てのセリナとの結婚ね。平民が一代貴族になるだけでも大したものなのでしょうけれど、加えて法まで捻《ね》じ曲《ま》げるというか新設するなんて。貴方は思っていた以上に強欲で、そして行動力がおありなのね、ドランさん？」

「自分の望みを果たす為に出来る事をがむしゃらにした結果です。まだその過程を走っている段階ですが、着実に理想とする目的に向かって近づいている手応えはあります。ただ、セリナのご両親であるお二人には、私達の関係と未来をどのようにお伝えすべきか、認めていただけるのか、それが最も難しいと考えています」

「その当人である私達にそれを言いますか。率直であるというより、いささか呆れてしまうわね。ねえ、セリナ、貴女は本当にそれでいいの？　王国の法律で一夫多妻が認められていようと、貴女は一夫一妻が基本であるこのジャルラで育ったのだから、抵抗感は決して小さくはないはずよ」

それは母として、また一人の女性としてセリベア殿の口から出た言葉であったろう。当然、私にはこれに口を挟む権利も資格もない。

セリナは一度、私に視線を向けてから、凛然《りんぜん》とした光を宿した瞳で愛する母を見つめ返し、自らの胸の内を明かした。

「うん。最初はそうだったよ。今だって私はドランさんを独り占めしたいし、私だけを見てほしいって、少なからず思っているもの。その思いを消す事はこれからもきっと出来ないと思うし、私以外のクリスティーナさんやディアドラさん、ドラミナさんもそれは同じ。だって、それくらいにドランさんの事が好きなんだから、仕方がないよ」

ふむ、そう、か。私の居ないところで当事者同士の話し合いがあったろうし、それぞれに思うところもあるはずだ。私は彼女らの伴侶たり得る男か。これからも自分にそう問いかけて相応しい男たらんと自分を磨かねば！

「でも私はクリスティーナさんもディアドラさんもドラミナさんも好き。ドランさんが一番だけれど、他の皆も本当に大好き。私が皆を大好きなように、他の皆も自分以外の皆の事を大好きだって思っている。皆、私が男の人だったら放っておけないくらいに魅力的で、凄く素敵な人達ばかりだからね。だからいつもドランさんの一番になる為に、お互い切磋琢磨《せっさたくま》しているというか、ある意味気の抜けない日々を送っているけれど……」

セリナの真剣な言葉を聞き、セリベア殿とジークベルト殿が顔を見合わせる。

「困ったわね。少しでもセリナが嘘を吐いているのなら、容赦なくそれを指摘しようと思っていたのだけれど、本気でそう思っているみたいね、ジークベルト」

「ああ。セリナがそこまで褒め千切《ちぎ》る方々と縁を結べたのは喜ばしいが、一夫多妻の関係を受け入れているのは、親としては困りどころだ」

「でもでも、本当に良い人達ばっかりなんだよ？　皆、凄い美人だし、優しいし、強いし、尊敬出来るところがありすぎて、困っちゃうくらいなんだから！」

父親に言い募るセリナの言葉からは、人生のほとんどを共に過ごしてきた家族相手だからこその気安さと親しみが感じられる。

正直に言って、私はそれに羨望《せんぼう》すら抱いていた。

セリナとはお互いに慈しみと敬意とを抱いた関係を築けているが、セリナが私相手にここまで砕けた言葉遣いをした事はそうない。

強《し》いて言えば、酔った時などがそれに近いかもしれないが、ふむむ……羨ましいものは羨ましいとしか言いようがない。

我ながら心が狭くて困る。

「セリナがそう言うのなら、きっとそうなのだろうけれどね」

「きっとじゃないよ、本当だもの！」

「それでも父親としては複雑なのだと、分かってはくれないかい？　小さなセリナ」

「もう、私は小さくなんかないよ。大人だから伴侶探しに旅立ったのに」

「親からすればいくつになっても子供は子供さ。だから幸福を願わずにはいられないし、いつまで経っても心配してしまう。もちろん、セリナが一人の大人として成長し、考えた結論であるのなら出来る限り尊重したいとも思うが、それも時と場合による。今回のような場合はね」

「う～、もう。いつまでも子供扱いなんだから」

「でも、ジークベルトの言う事も分かるでしょう、セリナ？　貴女はジャルラに前例がなく、またこれからこの里の未来を大きく変え得る事をしたのです。一度伴侶探しの旅に出れば、五年から十年は帰れない。それだけならまだしも、そのまま二度と帰ってこない場合もある。でもベルン男爵領と正式な友好関係を結べたなら、伴侶探しの旅に大きな影響を及ぼすのは、改めて言うまでもありません。その事はドランさんにも、たとえくどいと思われても言わせてもらうわ」

「ええ、私もセリナと生涯を共にと望んだ時から、ずっと一緒に考えてきた事です。もちろん、ジャルラとの交流によって新しい友人達と縁を結べる喜びや期待もありますが、セリナとの婚姻を誰からも祝福されるものにしたいというのが、一番の願いです」

偽りなく自らの心情を告げる私に、セリベア殿とジークベルト殿が深々と溜息を零した。お二人を義父《とう》さん、義母《かあ》さんと呼べるように尽力せねば、な。

「娘にそう言ってくれる貴方が、セリナただ一人を選んでくれたのなら、私もジークベルトもここまで思い悩まなくともよかったのだけれど」

「申し訳ありません。私も自分がここまで強欲な人間だとは知りませんでした。しかし、今となってはセリナが私の傍らに居ない人生など考えられないのです。私はセリナを幸せにしたいと願っていますし、そうします。そしてまたセリナなら私を幸せにしてくれるとも信じているのです。私とセリナは、お互いがお互いを幸福に導き合える仲であると、私は考えています」

「そう、そう言われるのね。セリナ、貴女はどう考えているの？」

セリベア殿は困ったように眉根を寄せてセリナを見る。

「もちろん、ドランさんの言う通り！　それに、クリスティーナさんともディアドラさんともドラミナさんとも、皆一緒なら、もっともっともっとも～っと、私とドランさんの二人よりもたっくさん幸せになれる！」

満面の笑みで断言する愛娘の顔を見て、セリベア殿はますます参ったと言わんばかりに頭を抱えた。

なんだか私の方が申し訳なくなってくる。

「そこまで貴女がはっきりと断言するなんてね。分かりました。母親として、一人の女として、まだはっきりと祝福の言葉を口にするつもりにはなれませんが、だからといって娘がこうまで幸せそうに願う婚姻を頭ごなしに否定は出来ません」

おお、いきなり否定されないというのは、なかなか好感触なのでは？

思わず私とセリナは顔を見合わせ、お互いに口元を綻ばせる。

セリベア殿はこほん、と咳払《せきばら》いをして私達の意識を引き戻して話を続けた。

「ドランさん、ベルン男爵領との交流は既に前向きに検討しています。ですが、いきなり数十名もの里の者達をベルン村に派遣するわけにもいきません。あなた方にとっても、ラミアの団体を抱え込むとなれば相応に準備が必要でしょうからね。まずは私を含め、里の上の者達とこれから伴侶探しの旅に出る若い者達の十名前後でベルン村を訪れます。そこで貴方達だけでなく村の人達をこの目で確かめる方向でお願いする事になるでしょう。その見定めの期間で、私も貴方が婚姻するという方達と言葉を交わし、どういう方々なのか確かめさせていただきます。これはジャルラの女王ではなく、セリナの母としての願いでありますから、無理強いは出来ませんが……」

「いいえ、私の方からお願いしようと考えていた事です。どうぞセリナが互いに慈しみ合えると思っている相手を、ご覧になってください。彼女達もそれを望むでしょう。ところでその際にはジークベルト殿も同行されるのですか？」

「ええ、許されるなら、父親として、私も確かめさせていただきたいですね」

「セリベア殿だけでなくジークベルト殿にもお越しいただけるのなら、一層、皆が喜びます。今はモレス山脈の各種族との交流が始まった時期でもあり、いささか騒がしいかと存じますが、多くのものを見ていただけるでしょう」

ふむ、そう言えばベルン村に居る皆は私の父母や兄弟と顔合わせは済ませているが、セリナの両親と会うのは初めてだし、それなりに緊張するだろう。

私個人としては正式にクリスとの婚約を結ぶとなれば、クリスの実家であるアルマディア侯爵家のご夫妻と兄夫婦に弟妹達とも一度は挨拶をしなければならない。

あちらは王国貴族であるのだから、むしろセリベア殿とジークベルト殿よりも、私達の婚姻事情には理解を示されるかもしれん。

ただまあ、黒薔薇の精とバンパイアとラミアという組み合わせには目を白黒させるかもしれないな。

セリベア殿達との話を終えた私は、セリナ達親子水入らずの時間を作る為に、一人で用意された寝室へと足を向けるのだった。

†

ドランとセリナによる今後の婚姻に関する話を聞き終えたセリベアとジークベルトは、そのまま愛娘を引き取って、今度こそ親子水入らずの時間を過ごした。

ドランは用意された部屋に戻り、セリベア達三人はジャルラの女王の私邸となる区画の広間に場所を移し、円卓を囲んで話を続ける。

二年も経たないうちに帰ってきた愛娘が、誰もが太鼓判《たいこばん》を押す健康体であるのは両親夫婦揃って歓迎するところであった。

それに、庇護者の居ない外の世界を旅したお蔭で、親の贔屓目《ひいきめ》はあるかもしれないが、愛らしさはそのままに逞《たくま》しさを備えたように見える。

「まったく、貴女は困った相手を引っ掛けて帰ってきたわね。このこの」

「やん、ママ、そんなに抓《つま》まないで。赤くなっちゃう」

セリベアは円卓越しに腕を伸ばし、緊張感をすっかり失くしている愛娘の頬を軽く抓む。

微笑ましい母と娘の触れ合いの図に見えるが、セリベアはセリナの頬に触れるのと同時にその肌の艶やその下の筋肉の凝《こ》りから精気の流れまでをそれとなく探っていた。

里を出る前に比べて格段に質と量を増した愛娘の精気に驚き、セリベアが声を失っているとは知らず、セリナは大して嫌がりもせず頬を抓《つね》られたままにしている。

セリベアの内心の変化に気付いたのは、彼女と二十年以上を連れ添ったジークベルトだけだった。

「セリベア、そこまでにしてあげよう。セリナ、話が少し戻ってしまうけれど、今はベルン村で暮らしているようだね。この後も暮らし続けるつもりなのかい？」

「うん。パパの言う通り、ベルン村でドランさんの傍で他の皆と一緒に暮らしていくつもりだよ」

「先程までの話を聞いていると、ドラン君は表沙汰には出来ないところで多くの武勲を挙げたようだけれど、セリナもそれに関わっているのだろう？　君が危険な事に巻き込まれないように、セリベアとずっと祈ってきたが、どうやらその祈りは届かなかったみたいで残念だ。そしてこれからもベルン村で暮らすのならば、また危険な目に遭《あ》うのではないか？　ドラン君との結婚よりも、パパはそれが気掛かりだよ」

ジークベルトの危惧《きぐ》は当然の話であった。

伴侶探しの旅に送り出した娘が、二年未満の間に遭遇する事も稀な悪鬼羅刹《あっきらせつ》の類と死闘を繰り広げたなどと、どんな親が想像出来ようか。

また、ようやく帰ってきた雛鳥が再び同じ危険な目に遭う可能性を、どうして許容出来るだろうか。

一方、ドランの傍らで常識を超越した存在との戦いに慣れたセリナは、ほとんど危険を危険と感じなくなりつつあった。

実際、ドランが居れば戦いで生命を落とす可能性はまずあり得ないと理解しているが、それを詳しく説明出来ない以上、両親には焦点をぼかした返答をするしかない。それがセリナには心苦しかった。

「ううんと……これまではあちこち行った先で、本当に偶然巻き込まれていただけで、これからはベルン村に腰を落ち着けるし、そう何度も危険な目に遭う事はないと思うよ?」

「暗黒の荒野から攻め入られるかもしれないのに?」

「う、それは確かに避けようがないかもしれないけど、それはベルン村に居てもジャルラの里に帰っても変わらない話でしょう?　里を捨てるにせよ、暗黒の荒野の軍勢に降るにせよ、戦禍《せんか》を被るのには変わらないし、私個人だけの話ではないよ」

「ふう、外に出てから口が達者になったね。それにきちんと状況も理解出来ているようだ。私達はまだ直接暗黒の荒野の勢力の情勢を知っているわけではないから、判断しかねるところが多いが、手を取り合うのが難しい相手であるとは思うよ。それを考えれば、セリナの事だけではなく、ジャルラとしてもベルンを通してアークレスト王国と縁を繋いでおくのは大きな保険になる。それはそれとして、セリナ、ドラン君の秘書のような仕事をしているというが、有事の際にはよもや前線に出るような事はないだろうね？」

心配そうな目の父に問われ、セリナが首を捻る。

「う～ん、どうかなあ？　ドランさんが魔法戦力の筆頭だし、私も一緒についていく事態になるとは思うよ。それに去年の夏にゴブリンさん達が攻めてきた時にも、私はドランさんやベルン村の皆さんと一緒に戦ったし、今更私だけ戦わないっていうのも変だよ。でも本当に戦争になったら、ガロア総督府から近隣の貴族の方達にも召集が掛けられるだろうから、戦場には出ても最前線にまでは足を延ばさないかも？　としか言えないな」

「そうか。こちらがどうこう出来る問題ではないとはいえ、暗黒の荒野の者達も厄介《やっかい》な時期に争いを起こそうとしてくれるものだな。そうなると、里の子らを外に出すのもしばらくは差し控えなければならないし、ますますもってベルンの使節団のありがたみが増すな」

発展著《はってんいちじる》しいといっても、ベルン男爵領はまだまだアークレスト王国の中では辺境の中の辺境という評価から抜け出せていない。

そんなところが戦場となり、愛娘が巻き込まれるかもしれないとあっては、親としては心穏やかではいられないだろう。

ジークベルトの眉間《みけん》に深い皺が刻まれるのを、セリナは困った顔で見続けた。

「パパ、そんなに心配しないで。さっき、ドランさんが言っていたように、モレス山脈の竜さん達が力を貸してくれるし、エンテの森のユグドラシルさんも力を貸してくれるから。むしろベルン村は世界中のどこよりも安全なくらいなんだよ？」

「先程の話が一から十まで本当なら、確かに心配するだけ無駄だと頭では分かるのだけれど、理屈と感情は別物だとよく言うだろう？　親は子を心配してしまうものだよ。それに、これからの子供達にも関わる話なのだから」

腕を組んで難しい顔をするジークベルトの肩に、穏やかな微笑みを浮かべたセリベアが慰《なぐさ》めるように手を置いて取り成した。

どうやら愛娘の急成長に受けた衝撃から脱出したようだ。

「ジークベルト、セリナや里の未来が心配なのは分かるわ。私もドランさんにくどくどと尋ねてしまったけれど、家族だけのこの場でも問いを重ねるのはやめておきましょう。それに、ベルンへ向かって、直にこの目で確かめれば私達の心配が杞憂《きゆう》であったかどうかも、はっきりとするもの」

「……それもそうか。思うところがないわけではないが、あのドラン君が善良な人間だろうという事は分かった。腹芸の出来るような器用さはなさそうだからね。私達に語った言葉に、虚飾《きょしょく》や欺瞞《ぎまん》はほとんどないだろう」

「セリナ一人だけを選んでくれていたならねえ。それでセリナ、さっきはあまり聞かなかったけれど、実際はどうなの？」

セリナは質問の意図が分からずきょとんとする。

「どうって？」

「要領を得ないって顔をしないの。ドランさんとの関係よ。他の女性も含めた上でね。彼が居る場では話せない話題もあるでしょ？　貴女と私達の立場は一旦忘れて、娘として親に報告してちょうだいな」

「それは、まあ、別にいいけれど、さっきまでの話と落差が大きすぎない？」

「どちらも私達にとっては深刻な話に変わりはありません。それで、ドランさんと関係の深い女性達の中で、貴女はどういう立ち位置なの？　あえて言うなら、セリナは何番目になるのかしら」

セリベアが口にした問い掛けを、セリナがこれまで一度も考えた事がなかったと言っては嘘になる。

ただそれらの疑問は、これまで彼女の心の中で浮かび上がっては沈められてきたものであり、誰かに言葉にして語った経験はない。

「どういうって言われても……う～ん、ドランさんと最初に会って、仲良くなったのが私なのは確かかな。一番長い時間を傍で過ごしてきたのも私だけれど、でも、他の人と比べてもせいぜい二、三ヵ月くらいの差しかないよ」

「一目で恋に落ちる事もあるのだから、二ヵ月でも三ヵ月でも長く一緒に居るのなら、それはとても大きな差よ。それも貴女がそうであると理解していたら、有効に活用出来るのだけれど。それで、どうなの？　自分が一番に愛されているって自覚はあるの？」

「えっと、えっと、単純にドランさんと性格とかの相性が一番良いのはドラミナさんかな？　びっくりするくらい積極的なところがあるのがディアドラさんで、因縁《いんねん》が深いというか複雑な経緯を経た上でくっついたのがクリスティーナさん。うーん、誰が一番好きとかは正直、判断が難しいというか、なんというか……」

「貴女もラミアでしょうに、自分と他者の恋愛感情について疎《うと》いのは問題があるわねえ。それともそれくらい複雑に折り重なった関係なのかしらねえ？」

「前にも言ったけど、皆が皆、お互いを尊重し合っているのと、大好きだっていうのは断言出来るよ」

「そう。そこまで何度も言うのなら、娘の言葉ですし、信じてあげるとしましょう」

ここで一旦、セリベアは話をやめて、じっと愛娘の瞳を見つめる。

セリナ自身が口にした通り、ドランに対する独占欲も他の女性達に対する競争心もあるのだろうが、それでも共に在る道を選べる仲であると信じてもよい、そう母は判断した。

さて、それはそれとして……と、セリベアが次なる言葉を放った。

傍らの伴侶はあまり良い顔をしないだろう話だったが。

「それは信じてあげるとして、セリナ、貴女が彼の一番になりたいという気持ちも確かなのよね?」

「うん。どうせ好きになってもらうなら、一番が良いな、やっぱり」

「そう、なら、二人きりのこの時を活用しない手はないでしょう」

このセリベアの発言に、セリナは小さく眉をひそめる。

ジークベルトは何を言うか想像がついていたらしく、黙って小さく溜息を零した。

「セリナ、あまり里の習わしにはそぐわないかもしれないけれど、生涯を共にすると決めた相手ならば、それほど遠慮する必要もないでしょう。里に居る間、彼に夜這《よば》いの一つも掛けなさい」

「……は、え、ええ⁉」

「見たところ、貴女はまだ生娘《きむすめ》の体ね。恋を知ってうんと綺麗になったけれど、まだ〝女〟にはなっていないもの。娘を相手にここまで生々しい話をする事になるなんて、これも予想外だったわ、はあ……」

セリベアは溜息混じりで言葉を続ける。

「実際に結婚するまで肉体の交わりを断つという気概は結構。それがドランさん側の習わしであり、それを尊重するのも結構。ジャルラの里としても婚姻前に肉体関係を結ぶのは褒められた事ではないわ。でも娘が一番に愛されるか否かの瀬戸際《せとぎわ》なら、私はその習わしに目を瞑ります。セリナ、貴女には抵抗があるかもしれないけれど、肉体の交わりそれ自体は決して忌避《きひ》するべきものではありません。違う命として生まれた二人が体の芯から触れ合い、新たな命を作る行為なのよ。ただお互いを求める為に、存在を確かめ合う為だけにするのだって、それは素晴らしい事でしょう。でなければ、どうしてそのように私達は生まれるというの。何故わざわざ男と女などと、分かれて誕生するというのですか！」

「いや、はい、でも、それは抜け駆けというか、ズルイというか。ドランさんと〝そーいう事〟をするのはまだ心の準備が出来ていないというか、まだ私達に早いかなーって思わないでもないわけで……」

しどろもどろのセリナを、セリベアが一喝《いっかつ》する。

「黙らっしゃい！　うじうじうじうじと。恋は戦いです。愛とは戦いです。恋して愛した相手を求める事のどこが、求められようとする事のどこが卑怯《ひきょう》ですか、情けない行為であるものですか⁉　抜け駆けではあるけれど！」

抜け駆けだとは認めるんだ、とセリナは思ったが、セリベアの熱の籠もった言葉はセリナに反論の余地を与えなかった。

「どうもドランさんは鉄の克己心《こっきしん》と鋼《はがね》の理性をお持ちであるようだから、向こうが痺《しび》れを切らして貴女に手を出す展開はまずなさそうです。ならば貴女の方から求めるしか、関係を一気に進展させる術《すべ》はないでしょう。貴女の事ですから、今回の帰省ではそれらしい品を持ってきていないのは聞くまでもなく分かっています。ですからママがそれに相応しい衣装を貸してあげます。今夜はそれで人生最大の勝負を仕掛けてきなさい。いいですね！」

「ひえええ、とんでもない展開になっちゃったぁ」

思わず涙目になるセリナを一目見て、ジークベルトは先程よりもはるかに大きな溜息を零した。

「父親の目の前でなんて話をするんだ、セリベア……」

妻からの提案とはいえ、父親として素直に同意出来る内容でないのは火を見るよりも明らかだった。

†

親子水入らずの時間を終えたセリナは、セリベアが私室のクローゼットの奥深くに厳重に保管していた勝負服を貸し与えられ、ドランの寝室へと送り出された。

駄目押しに、ラミア以外の人間種に対して興奮を促す作用のある香水を振り掛けられている。

誰もが寝静まる深更に、そろりそろりと音を殺しながら廊下《ろうか》を這《は》うセリナは、針の落ちるような小さな音にもびくつき、誰かの目を極度に恐れる状態だった。

セリナは母から貸し与えられた勝負服の上にガウンを羽織《はお》っていたが、その合わせ目をちらりとめくって、改めてその下を見やる。

扇情的《せんじょうてき》な赤一色のその服は、胸元や肩が剥き出しで、裾《すそ》はかろうじて太ももに届くまでしかない。裾にふわふわとした毛玉がついているが、生地それ自体は肌がうっすらと透けて見えるほどに薄く、乳房の頂きや臍《へそ》もはっきりと見えてしまっている。

セリナにしてみればこれ以上なく破廉恥《はれんち》で、男を誘う事のみを目的としたとんでもない服――いや、夜着というか、ほとんど下着だ。

実の母がこれを着て父を誘ったのかと考えると、娘として思うところがこれでもかというほどある。

しかし一番問題なのは、自分がこれを着て、今まさにドランを誘いに向かっているという事実だ。

「ああ、ママに押し切られてここまで来ちゃったけど、どうしよう、どうしよう、どうしよう。絶対これ、抜け駆けだよぉ」

以前ディアドラがドランに夜這いを仕掛けた事があるが、その時の彼女よりも今のセリナはさら

に扇情的で色香に満ちた格好だ。

ディアドラやドラミナ、クリスティーナ達がこれを知った時の反応を想像して、セリナの頭の中は羞恥《しゅうち》と恐怖の二つの感情でいっぱいだった。

既に目の前にはドランの寝室の扉があり、ノックをして声を掛ければ、いよいよこの姿を彼に晒すのだ。そうなればもうセリナも引くには引けなくなる。

後はドランが受け入れてくれるか、やんわりと窘《たしな》められるか、この二つの結末が待つだけである。

「ううう～」

いくらセリナが唸ったところで、扉が内側から開かれる事はない。

月明かりの差し込む廊下に、彼女の影が長々と這い、その唸り声が夜闇の静寂に溶け消えていくばかり。

「う～う～」

セリナとて健康な肉体を持った少女だ。人並みに性欲はあるし、ドランを独り占めしたいという欲求だってある。

ドランと心ばかりでなく体でも繋がる事が出来たなら、どんなに幸福であるだろうと夢想した経験も一度や二度ではない。

まさにそれを現実のものにするまたとない機会なのは、母の言う通りであった。

いずれ結婚すれば全員がドランと夫婦となり、夫婦の営《いとな》みをする事になるのだから、それが今に前倒しになるだけと、自分に言い訳も出来る。

「う～～～～～～～～」

セリナの唸り声は随分と長い間、館の廊下に響き渡り続けた。

†

その翌朝。再び親子三人で仲良く朝食の時間を迎えたセリナは、セリベアとジークベルトを前に、昨夜の成果を報告していた。

「それで？　結局？　ノックする事も出来ずに帰ってきましたって？」

「……はい」

怒気はないが呆れを含んだ母の言葉を受け、セリナは塩をたっぷりと掛けられたナメクジのように小さくなっていく。

唸り続け、迷い続け、悩み続けたセリナは、結局すごすごと自分の部屋に戻って、眠れない夜を過ごしたのである。

「はあ……まあ、貴女にはかなり無理な真似をさせてしまったとは思ったけれど、やっぱり駄目だったのねえ」

「駄目だと思っていたなら、あんな事させないでよぉ！」

「万が一って言うでしょ？　貴女がひょっとしたら勇気を出してドランさんに体を委ねる可能性に賭けたのよ。外れてしまったけれど。でも、何度か繰り返せばそのうち慣れるでしょう」

「へ？」

「使節団の皆さんがジャルラに居る間は、毎日ドランさんの部屋に通いなさい。夜這いが無理だっていうのなら、眠る前に少しお話をするだけでいいわ。それならいくら貴女でも出来るでしょう」

「ま、まあ、お話をするくらいなら、魔法学院に在籍していた時はいつもそうしていたし、平気」

「なら、まずはそこから始めなさい。一撃で仕留《しと》めるのが無理なら、確実に仕留められる状況作りからコツコツと始めるしかないわ」

「ママ、たとえが物騒《ぶっそう》だよ!?」

とはいえ、セリナがかくもヘタレである以上、母の言う通りにするしかなかったろう。

母と娘が言い合う傍らで、ジークベルトは父親として、ほっと安堵の息を零さずにはいられなかった。

†

ドラン達ベルン使節団のジャルラへの滞在は、物資の補充や人員の調整の関係から当初は三、四日程度であろうと想定されていたが、結局七日に及んだ。

これは、使節団のベルン村への帰還時にセリベア、ジークベルト夫妻を含むラミア十一名を同行させる運びとなったのが主な理由である。

その滞在期間に、何名かの使節団の若い男達は、見目麗《みめうるわ》しいラミアの少女達と親しくなり、気軽に言葉を交わしたり、こっそり手を握り合ったりするようになっていた。

そんな中、セリナはジャルラ出身者であるという事情から、七日間のほとんどをかつての自分の部屋で過ごし、久々の親子水入らずの時間を送る事が許された。

結局、彼女がなけなしの勇気を振り絞った行動はまるで成果をもたらさなかったが、ベルン男爵領がジャルラのラミア達との友好関係の構築に成功したのは事実だ。

使節団の帰還に同行してベルン村を訪れたセリベアは、ジークベルトと共に領主クリスティーナと会談し、今後の協力関係について予想を超えた前向きな意見を交わした。

セリベア達は事前にベルン側が用意した迎賓館《げいひんかん》を宿とし、しばらくベルン村の内情の視察と今後の交流関係の道筋を決めるべく活動する予定だ。

セリベア達ジャルラ御一行様の案内役を任されたのは、当然セリナである。

皆が迷子にならないように目印の小さな旗《はた》を手にしたセリナを先頭に、商業区画から宗教区画、さらには最も人通りの多い中央区画へと向かう。

流石に集団で歩いているラミアを前にすると、人通りも左右に割れて驚きの目を向けられるが、いきなり剣を抜かれたり魔法の詠唱が始まったりはしない。

クリスティーナが男爵名義で事前に友好的なラミアが訪れる旨と、彼女らに危害を加えた者は厳罰に処すると布告した成果だろう。

ベルン村を見て回る最中、ジャルラのラミア達は、堂々と他種族の村を自分達が闊歩出来る事以外の驚きにも遭遇した。

農作業に従事する村人達ばかりでなく、よそから訪れた亜人種も多く、人類の見本市のように数多の種族で溢《あふ》れかえる村の様子は、セリベア達の事前の予想を上回るものだった。

視察の途中、セリベアとジークベルトが私人としてドランの父母や兄弟達に挨拶に回るという場面もあったが、それはご愛敬《あいきょう》だ。

比較的人通りの少ない午後過ぎの時間帯、一行は目抜き通りにあるオープンテラスのカフェでお茶を楽しんでいた。

次はどこに行こうかと全員で話し合っていると、通りの両脇に通されている水路を若い人魚達が通った。

ラミア達と同じくモレス山脈に住まう『ウアラの民』の人魚達だ。

存在こそ知っていたものの、これといって交流のなかった相手に、ラミア達もそして人魚達も興味を惹《ひ》かれるのは自然の成り行きだった。

前からベルン村で働いていたセリナの存在は人魚達も知っていたが、彼女の周囲に何人ものラミアが居るとなれば、何かあったのだと察するのは容易だ。

ウアラの民専用の通り道として作られたこの水路には、水中に何種類もの水中花が植えられ、観賞用に色鮮やかな小魚の類が放流されている。

また、内陸部ではまずお目に掛かれない人魚や魚人の姿が見られる事から、ベルン村の観光地として人気が高い。

水路の周囲には落下防止用の柵が巡らされており、一定の距離ごとに人魚や魚人が上がってこれるように扉が設けられている。

意図的にこの水路を破壊したり、ゴミを捨てたりすると、男爵領の公営施設に対する破壊行為として罰せられる為、所々に警告の為の立て札や貼り紙が見られる。

幸い、この法に抵触して罰せられた不埒者《ふらちもの》はまだ居ない。

しかし、水路を泳ぐ人魚を口説《くど》く者や逆に魚人の方から話し掛けられる者はチラホラおり、ナンパに関してはどうするか、ウアラの民側とベルン側で調整中だ。

ザパッと水音を立てて、水路の人魚達の中から一人の少女が飛び出した。

長い水色の髪を水中花の髪飾りでまとめ、胸元と腰回りを濃淡の色合いの変化が美しい青い布で隠した少女は、柵に寄り掛かりながら休憩中のセリナ達に声を掛ける。

「こんにちは、貴女達はジャルラの方達かしら？　私はウアラの民のイェクよ」

イェク達人魚の集団は、全員が同じ年頃の少女達で構成されている。初めてラミアの集団と交流を持つに至り、ウアラの民の多くはかなり舞い上がっているようだ。もっとも、それはジャルラの側も同じであったが。

代表して応えたのは、セリナではなくセリベアだった。

ジャルラの女王という立場があるのはもちろん、単純にこれまで没交渉だったウアラの民と言葉を交わしたいという欲求も彼女にはあった。

「ええ。最近こちらに来たばかりなの。これからベルンの人達と仲良くするべきかどうか、見定める為にね。私はセリベアよ、イェク」

続いて他のラミア達も自己紹介を始めたのをきっかけに、他の人魚達も次々と水路から飛び出してイェクの横に並んでいく。

人魚とラミア達の道端での会合という珍しい場面に遭遇した通行人達は、興味を隠さずに視線を寄せる。

もしこの場に人攫《ひとさら》い達が居たなら、利益に目が眩《くら》む場面であるが、幸いそのような連中はまだベルン男爵領では活動していなかった。

「ジャルラのラミア達とはこれまできちんと挨拶をした事がなかったわね！　私達ウアラの民は、一ヵ月くらい前に水竜ウェドロ様と長老衆がベルンと仲良くすると決めてから、ちょくちょく足を運ばせてもらっているのよ。少しだけ貴女達よりも先輩ね。ここってとっても面白いの。人間達ばかりじゃなくって、エンテの森のエルフや獣人、虫人達《むしびとたち》もたくさん居るし、王国の南からは色んな珍しい物が入ってくるし！」

無邪気に笑うイェクにセリベアのみならず他のラミア達も釣られて、微笑みを浮かべる。

ジャルラのラミア達同様、閉鎖的な生活を長年送っていたモレス山脈の諸種族にとって、多種族が入り交じり無数の品々と情報と文化が混在するベルン村は極めて刺激的だった。

「私達も今まで見た事のないものばかりでとても驚いているところよ。ちょっと眩暈《めまい》がしそうなほどだもの。ここの領主様は、ちょっと欲張りなくらいに色んな種族の者達と手を取り合おうとしているようね。でも自分達が上だと思っているわけではなくて、子供みたいに皆一緒に仲良しさんになろうとしているから、付き合ってあげたくなるのよね」

「あはは、そう、そうね。長老衆もウェドロ様も同じ事を言っていたわ。領主のクリスティーナ様だけじゃなくって、ここの偉い人達は子供みたいな大人が多いって！」

一応、セリナはベルン側であるが二人のやり取りには沈黙を貫き通した。

二人の言っている事があまりに的《まと》を射《い》ているので、いかにセリナがクリスティーナ達の身内であっても――いや、身内だからこそ、なんの反論も出来なかった。

いかんせん彼らは、能力と人脈が恐ろしいほど優れた〝子供みたいな大人〟であるから、これまでもこれからも常識や通例から外れた行いをしていくだろう。そして、セリナもその一端を担うに違いなかった。

セリベア達とベルンの人々との付き合いは短いものの、ベルン男爵領は濃密な個性と膨大な情報量を有しているので、イェク達との話題には事欠かない。

いかにベルン村に来てから驚いたか、どうやらここでの常識はよそでは非常識に当たるらしい、ここが普通だと思ってはいけない、などなど。彼女達の会話を聞いているセリナは、ますますなんとも言えない顔になっていく。

「――そうそう、それに今日は特別な日だから、いつもよりたくさんの同胞がベルンにお邪魔しているの。貴女達も聞いているのではないかしら?」

イェクの言葉にセリベアが一瞬首を傾げるが、事前にセリナから伝えられていた〝ある情報〟に思い至る。

セリベアを大層驚かせたその情報には、目の前の人魚達にも関わりがあった。

「ええ、そうだったわね。にわかには信じがたい話だけれど、それが出来るから、このベルンにはこれだけ多くの種族が集っているのでしょう。本当によく分からない凄さがある場所ね、このベルンは」

呆れと感心を半分ずつ混ぜた吐息を零し、セリベアはちょうど自分達の上空を差し掛かったいくつもの巨大な影を見上げる。

本来、それらが人間の都市部に姿を見せれば、住人達が恐怖の大合唱をするはずだが、事前に来訪の旨が通達されていた為、大きな混乱は起きなかった。

それでも、驚きに足を止めて、口をポカンと開ける者は多数居る。

「風竜オキシス、ウィンシャンテ、雷竜クラウボルト、水竜ウェドロ、地竜ガントン、ジオルダ、火竜ファイオラ、深紅竜ヴァジェ。八体にも及ぶ知恵ある竜達に、その眷属を味方につけているというのは、本当の話だったようね」

今、ベルン村の上空を舞っているのは、いずれも一騎当千《いっきとうせん》の猛者をさらに一千集めなくては対抗出来ぬ、地上最強種達。

ジャルラを訪れたドランが、交渉の材料の一つとして語った、ベルンと協力関係を結んだ竜達である。

彼らは改めてベルン村と協力関係を結んだ事実を公表する為に、そしてベルンの内部事情を探っている他領の者達に見せつける為に、ベルンを訪れているのだ。

そしてその中には古神竜ドラゴンの付添役として指名されたヴァジェの姿もあった。

火龍皇のもとでの地上の竜種達との交流が一段落したので、ベルンに戻るよう伝えられた為だ。

翼の退化した水竜や地竜は竜語魔法で重力や慣性を制御して上空を舞い、風竜や雷竜達は自前の翼で悠々《ゆうゆう》と空を飛んでいる。

本来、気位の高い傾向にある竜達が人間と正式に対等な友好関係を結ぶなど、滅多にある事ではない。

これはベルン側の根気強い交渉の賜物《たまもの》と言えるが、ドラゴンの眷属となったドラグサキュバス達の存在や、ヴァジェが積極的な姿勢を見せたのも影響していた。

一体で都市一つを簡単に壊滅させせられる超生物の集団が頭上を行く姿を見て、ほとんどの人々は畏怖《いふ》に目を丸くする。

そしてそれは、ベルンに潜り込んでいた諜報員達も同じだった。

人間同士の暗闘には慣れっこの彼らも、自分達の常識が通じない世界最強種が集団で来訪してきたという目の前の事実には無力で、平凡な反応しか出来なかったのである。

一方で、ベルンを訪れていた竜教徒達は、自分達が信仰する存在が大量に来訪してきた現実に歓喜し、この地を訪れたのは間違いではなかったと大騒ぎした。

住民や来訪者達に鮮烈な印象を残したこの日を境に、今までにないやり方で独自の発展を見せているというベルン男爵領の評価が一変した。

――あそこはおかしい、常識が通じない、頭のネジが外れているのでは？

そんな褒められているのか貶《けな》されているのか判断に困る言葉が、あちこちで囁かれるようになったのだった。

第三章――雨来る

ベルン男爵領が周囲の多種族と友好関係を構築して、着々と地盤を固めている一方で、不穏分子《ふおんぶんし》もまた領内に侵入しているのは、ドランやクリスティーナも想定内だった。

特に、アークレスト王国の仮想敵国であるロマル帝国は古くから国内外での暗闘を経験した古狸である。ドラン達は既にベルン男爵領にもその手の者達は侵入していると判断し、帝国の諜報員とこれから入り込むだろう追加の間諜《かんちょう》の刈《か》り取《と》りに余念がない。

この件では、普段からドランの役に立てる事はないかと目を皿にして探しているリネットが奮起《ふんき》していた。

街道から外れた森の中で、非正規の方法で侵入しようとする不審人物達を捕縛《ほばく》した中心人物は、リネットと彼女が面倒を見ている天恵姫――キルリンネとガンデウス達だった。

リネットはベルン遊撃騎士の任務の一環として、率先して不審な動きを見せる者達の刈り取り――いや、駆除を買って出たのである。

そして今日も、多くの旅人や商人で溢れる街道を外れ、鬱蒼《うっそう》と生い茂る木々の隙間を縫《ぬ》って進む四人の人影があった。

男も女も居るが、いずれも狩人風《かりゅうどふう》の格好で、動物の毛皮や丈夫な麻の衣服を擦り切れるまで着続け、顔や手足は真っ黒に日焼けしている。

背負った弓や腰に提げた山刀の類の使い込み具合は、誰が見ても本物の狩人だと信じるだろう。

もちろん、彼らは決して道に迷った無害な移住希望者ではない。

ベルン男爵領側では、ガロアとクラウゼ村から繋がる街道の利用を強く推奨《すいしょう》していて、領民でない者が街道の外へと足を踏み入れる事を禁じている。

これによって、領内に所在の把握出来ない不穏分子が潜伏するのを予防するのに加え、まかり間違ってもエンテの森へ入らないようにする為だ。

未だ街道を外れれば猛獣、毒虫の類がうぞうぞと闊歩しているので、そうした危険から遠ざけるという真《ま》っ当《とう》な目的もあった。

以上の理由を踏まえれば、この四人の集団は意図して街道から外れた森を進んでいる事になる。

道中、獣の残した痕跡《こんせき》や植物の確認など、狩人としてはもっともらしい行動をしているが、途中で見咎《みとが》められた場合に備えての偽装工作だろう。

細心の注意を払う彼らの行く先に、地味な藍色《あいいろ》のメイド服の上に、可愛らしいフリルとレースをこれでもかと使った純白のエプロンを重ねたリネットが、木の陰から姿を見せた。

四人の中には先祖代々裏仕事を行う影の一族に生まれ落ちた者も、あるいは金で雇われた凄腕の影働きの者も居る。

その誰もが、リネットの息遣《いきづか》いはおろか気配にすら気付けなかった。

これには、彼女がリビングゴーレムという特殊な存在である点も大きく作用していただろう。

「はじめまして。ベルン遊撃騎士団付きメイドのリネットと申します。突然ですが皆様、街道を外れた森の中は立ち入り禁止地域に指定されています。どのような用件で足を踏み入れたのか、事情をお聞かせください」

リネットの首からはベルン男爵家の家紋をあしらったペンダントがぶら下がっており、これは彼女がクリスティーナ直属の部下である事を示す身分証になっている。

ベルンに入る際とガロアで公営の馬車に乗る際に、領内における注意事項が説明されており、知らないと答えるのは非正規の方法で足を踏み入れたと自白するも同然だ。

狩人に扮装《ふんそう》した一行の筆頭格らしい金褐色《きんかっしょく》のざんばら髪の女が、左手の弓を下げて敵意がない事を示しながら弁明の言葉を口にする。

「こりゃずいぶんと可愛らしいお嬢さんだね。でも、その首から提《さ》げているペンダントを見るに、本当に領主様にお仕えしているメイドさんってわけかい。いや、すまない。足を踏み入れちゃいけないって釘を刺されちゃいたんだけどさ。こんだけ手つかずの豊かな森があるとなったら、つい欲が出ちまって、他の連中に声を掛けて、ちょいと唾をつけておこうとしたんでさぁ。新天地だからって浮かれすぎていました。これまで採ってきたものは全てお返ししますし、罰もきちんと受けますので、ここは一つ、穏便《おんびん》に済ませてはもらえませんかねえ？」

狩人らしい伝法《でんぽう》な言葉遣いと本気の誠意を乗せた女の言葉を聞き、リネットは常から表情の変化に乏しい顔で吟味する。

少なくともこの時点で彼らの犯した罪は、ベルン男爵領の定めた立ち入り禁止の場所に足を踏み入れたという点に留まる。まだ彼らが間諜であるという証拠は何もない。

「素直に己の非を認めて罰を受けようとする態度は良いものです。では、そちらの青い髭《ひげ》の方、そう貴方です。街道に設けた宿の一つで、転倒しそうになったご老人を助け起こす際に、紙片を受け取りましたね？　そちらの紙片の内容を確認する為、提出を求めます。次に薬種箱《やくしゅばこ》を抱えている貴女、靴底に隠した水晶片を出してください。魔法による記録媒体《きろくばいたい》ですね？　何を記録されたのでしょうか。あるいはこれから記録するのでしょうか」

リネットは背筋《せすじ》を綺麗に伸ばしたまま、敵意も殺意もなく狩人達一人一人の顔を見回し、全ては彼女の掌の上だと言わんばかりに言葉を重ねていく。

「そちらのバンダナを巻いた貴方、ええ、酒瓶《さかびん》を腰に提げている貴方です。街道の脇で数名に声を掛けてサイコロ賭博《とばく》に興《きょう》じておられましたね。時折、お金の代わりに物品で取引をしておりましたが、その際のやり取りにつきまして一定の規則性があったように思えます。この点についてご説明をお願いいたします。ええ、もちろん、ただの偶然かもしれませんし、賭博に参加した内の何人かは全く無関係の方かもしれませんが、ひょっとしたら何かの暗号かもしれませんね？」

説明を求められた者達が女狩人の背後で口々に抗議と弁明を重ねるが、リネットがそれに耳を傾けている素振りはない。

リネットが女狩人達に求めている事実は別のものであった。それは女狩人達も理解していて、互いに機会を探り合って、仮初《かりそ》めの問答を重ねているにすぎない。

そして、リネットの瞳は野性味溢れる女狩人へと向けられた。

「最後に貴女。クラウゼ村からの上りの馬車の便に乗る前、人目のないところで羊皮紙を焼却していましたが、そちらの灰を回収後、復元させていただきました。わざわざ燃やして隠蔽するような内容ではないものでしたが、さて、何か特別な暗号めいた読み方でもするのでしょうか？　ぜひとも、お教えいただきたい」

リネットが言い終えるのと、女狩人達が行動したのは、ほぼ同時であった。

リネットに対して青髭と薬種箱の女が、背負っていた荷物やいくつかの袋を投げつけ、バンダナの男と女狩人は背を向けて全力で駆け出す。

四人全員でリネットの命を奪い、口止めしようと動くのではなく、捨《す》て駒《ごま》二人と引き換えに、捕まっては問題のある二人を逃がそうと以前から取り決めてあったに違いない。

「ありがとうございます。それこそがリネットの求めていた行動です。では任務執行妨害も加わったところで、実力行使と参ります」

そう告げたリネットの声は、何故か喜んでいるかのように弾んでいた。

続いて、重量のある物質が肉を叩く痛々しい音が連続する。

女狩人とバンダナの男は、その音が二人の仲間がリネットに始末された音だと即座に理解出来た。

この手の窮地《きゅうち》につきものの殺気も闘志もリネットからは感じられないが、それが逆に二人の中でリネットの危険性を浮き彫りにする。

逃げ出した二人は、十代前半の華奢《きゃしゃ》な少女にしか見えない相手から、がむしゃらに逃げ出していた。

最初の囮《おとり》がやられてしまった以上、ここからは仲間——いや、先日初めて顔を合わせたばかりの同業者と二手に分かれて、どちらかだけでも逃げ切れるようにするのが常套手段《じょうとうしゅだん》だ。しかし、女狩人はその前に一矢報《いっしむく》いる道を選んだ。

狩人の扮装は偽りだが、手にした弓が長年使い込んだ愛用の武器であるのは事実だった。

全力で走りながら淀みない動作で矢を番《つが》え、足音も呼吸音もない追跡者を振り返る。

「小娘がっ！」

たとえ肉食獣の如くこちらに飛び掛かってくる最中であろうと、必ずこの矢で射抜いてやる。そう意気込む女狩人の視界に飛び込んできたのは、視界を埋め尽くす黒光りする巨大な鉄の塊《かたまり》――メイスだった。

ごしゃ、とあまり耳にはしたくない音が続けて二度、森の木々の合間を抜けていった。

†

ずるずるずる、ずるずるずる。

重なり合う枝の隙間から黄金の光が差し込む中、音を立てて引きずられているのは、『拘束《こうそく》』や『睡眠』を意味する魔法文字の刻まれた荒縄《あらなわ》で縛られた不法侵入者の四人だ。

彼らを引っ張っているのはリネット一人で、大人四人分の重量にもまるでへばった様子はない。森の中で誰かを探しているように視線を動かしている。

「ガンデウス、そちらも無事に任務を終えたようですね」

リネットの視線の先には、足元に意識を失った三人の男女を置き、太ももに巻いた革のベルトに細長い投げナイフを収納している最中のガンデウスの姿があった。

リネットと同じメイド服を身につけているが、大胆にスカートの裾をめくり上げて、白い足を露《あら》わにした姿は、元々の造作《ぞうさく》の美しさもあって場違いな状況ながら非常に艶めかしい。

「リネットお姉様、私の担当分は全て片付け終えました。ご主人様と男爵様に害をなそうとする不届き者共は、この通り」

ガンデウスはリネットに対して同胞に対する穏やかな視線を向けたが、一転して足元の捕縛者達に対しては鉄の殺意と氷の冷たさで構成された視線を向ける。

それだけでは満足がいかなかったのか、倒れている一人一人に向けて、履いているピンヒールで鋭く一度ずつ踏みつけた。

捕縛された者は、荒縄の効果で意識を取り戻しはしなかったが、うぐ、と苦痛の混じる呻《うめ》き声《ごえ》を漏らす。

その呻き声を耳にして、ガンデウスがうっすらと頬を朱に染めて、喜悦《きえつ》の笑みを浮かべる様《さま》を見て、リネットはやれやれと溜息を零した。

「ガンデウス、たとえ自分達の主から存在を認められず、切り捨てられるような者が相手でも、過剰な傷害行為は貴女の品性を疑われます」

「ごめんなさい。リネットお姉様とエドワルド教授達に見つけてもらった時にはまだ分からなかったのだけれど、私って誰かを痛めつけるのがどうしようもなく好きみたい。もちろん、罪のない人間やベルンの領民には、よほどの事情がない限り手出しはいたしません。でも、こういう相手なら、ねえ、構わないでしょう？　けれど不思議なのです。男爵様やご主人様、リネットお姉様達にはこうしたいとは思わないのです。むしろ、私の方がこのように粗雑に、乱雑に、野蛮《やばん》に扱われたいと思うのです。うふふふ」

ちなみにだが、ガンデウスの言うご主人様とはドランを指す。

「…………」

ああ……と、リネットは自身が躾《しつけ》と教育を施《ほどこ》したガンデウスの現状を、主人であるドランに心の中で謝罪した。

おかしい。おかしくはないだろうか。

リネットはこれまで、兵器として造られ、あまりに無機質で無感情なガンデウスとキルリンネに、可能ならば人間らしい感情や喜びを知ってほしいという思いで努力してきたのだ。

彼女はガンデウス達の居場所作りの為に、二人を自分の部下としてベルン遊撃騎士団に所属させた。

遊撃騎士としての仕事以外にも、二人には掃除に炊事をはじめとしたメイドとしての基本技能を習得させている。他にも、娯楽《ごらく》として読書や刺繍、楽器の演奏や歌、踊りを教え、まだ人間としての振る舞いを勉強中のリネットも、時には一緒になって学んできた。

その成果もあって、ガンデウス達も少しずつ自我を持ちはじめ、感情や嗜好を露わにするようになったのだが……

まさかこんな性的嗜好を突きつけられる厳しい現実が待ち構えていようとは！

幸い、今のところガンデウスの〝コレ〟はリネットとキルリンネが知るのみだが、いつドランの知るところになるか分からない。

その際はどうやって謝罪するべきか、リネットは毎日戦々恐々《せんせんきょうきょう》とし続けている。

「あれ、リネットお姉ちゃん、ガンちゃんもお仕事は済んでいる？　私が最後になっちゃったかな？」

定められた集合場所に最後に現れたのは、キルリンネであった。

がさがさと茂みを掻き分けて姿を見せた彼女は、自分の身《み》の丈《たけ》ほどもある大剣を肩からベルトで吊るしており、人間を四人、無造作《むぞうさ》に担いでいる。

荒縄で縛られている間諜を地面に下ろし、キルリンネは不思議そうな顔でリネットを見る。

ガンデウスが紅潮《こうちょう》している件については、無視を決め込んだのか、問題ないと思っているのか、話題にしなかった。

「リネットお姉ちゃん、なんでまたそんな顔をしているの？」

能天気に問い掛けてくるキルリンネに何を見たのか、リネットは露骨《ろこつ》にほっとした表情になり、朗らかにこう言った。

「キルリンネはそのまま成長してください」

「うん？」

もちろん、キルリンネにはなんの話か分かるはずもなかったが。

†

クリスの執務室で補佐官としての業務に当たる私は、今日、リネット達が捕縛した侵入者を含め、昨今、数を増している他国からの諜報員についてまとめた資料を見ていた。

執務室には、クリスの他にもドラミナやディアドラ、リネットらといった我が男爵領の主要人物達が勢揃いしている。

「ここのところ侵入者の数が多いな」

資料を読み終えた私は、正直な感想を口にした。

まあ、ジャルラとの交流やモレス山脈との竜種との協定締結やらと派手な事をしているから、注目されるのは当然なのだが。

同じく顔を上げたクリスが続けて彼女の見解を述べはじめる。

「順当に考えれば、ロマルの手の者だろうな。リネット、ガンデウス、キルリンネ、ご苦労だった。君達の働きにはいつも助けられているよ」

「身に余る光栄です。リネット、ガンデウス、キルリンネは粉骨砕身《ふんこつさいしん》、これからもベルン男爵領の為に働く所存です」

リネットは優雅《ゆうが》な礼でクリスに返答した。

ふむ、ガンデウスとキルリンネ共々、メイド姿が様になっているな。

ガンデウスだけは何故か私とクリスに熱っぽい視線を向けてきたが、あの子は情緒面《じょうちょめん》の成長が早いのかな？　私達に何を求めているのだろうか？

「それにしても、ロマル帝国だけでこんなに人が入ってくるものなのでしょうか？　ジャルラの里やモレス山脈の竜の方達と接触したから、凄く注目が集まるのは分かるのですけれど」

唇を尖らせて疑問を口にするセリナに、ドラミナが改めて資料の内容に目を通してから自分の見解を述べる。

「ロマル以外の第三国の手の者も含まれているでしょうね。同盟関係にあるとはいえ、高羅斗も諜報員の派遣はしているはずですし、轟国はなおさらでしょう。周辺諸国からの手が届きはじめているというのもありますが……」

「周辺以外の国家、私達の把握していない国家や勢力からの手も伸びているのではないかと、ドラミナさんは危惧しているのかな?」

クリスの質問にドラミナが首肯《しゅこう》する。

「ええ、それと私的な見解になりますが、リネットさん達が高羅斗の領内で遭遇した者達は、天人《てんじん》文明《ぶんめい》に代表される古代の技術に精通しています。周辺諸国で該当する勢力は少ないですし、私達の知らない勢力の可能性が高いでしょう。暗黒の荒野を統率しているのは魔族系の勢力ですしね」

ドラミナの意見にクリスが机に立てかけているドラッドノートを一瞥してから、あまり言いたくなさそうに言った。

「大魔導バストレルのような天人文明の生き残りか、それとも大昔に撃退された星人《ほしびと》か。はたまた別の次元からやってきた者達か。挙げればキリがないが、可能性で考えれば天人系だろうな」

私達の遭遇する天人関係の遺産は、ことごとく戦闘に発展してきたからクリスの中で良くない印象と結び付けられているようだ。

「月の兎《うさぎ》さんや三竜帝三龍皇《さんりゅうていさんりゅうおう》から何か怪しい報告は来ていないのかしら?」

クリスとドラミナの会話に疑問を挟んだのはディアドラだ。

彼女はユグドラシル達と共にベルン男爵領内の植物を利用して、監視の目と耳を張り巡らせている。ディアドラが集める情報は、リネット率いるメイド達の諜報員検挙に大いに役立っていた。

「いや、彼らが動くほどの異常はないらしいな。特に連絡は来ていないが、むしろ彼らの目を騙《だま》せるほどの相手かもしれないと考えた方がいいと思う」

「それってクリスの勘《かん》？　それともドラッドノートからの忠告？」

「私の勘だな」

「そう。なら信用しましょう」

「ドラッドノートだったら信用はしなかった？」

悪戯っぽく笑って尋ねるクリスに、ディアドラは心外ね、と一言置いてから答えた。

「もちろん信用していたわ。どっちでも信用に値《あたい》するもの」

「ふふ、それなら良かった。さて、諜報員への対処だが、東も西も落ち着いているとは言いがたい時期だ。根こそぎ刈り取ったらそれはそれで思わぬ反応をされそうで、困ったものさ。暫定的《ざんていてき》にだが泳がせる連中と、そうでない連中の線引きを決めて、皆で共有したいと思う。どうだろうか？」

ふむ、しばらくは下っ端連中だけを刈り取って、より上の立場にある連中の油断を誘ったところで一網打尽《いちもうだじん》かな？

私達はクリスからの提案に頷き、詳細不明の諜報員達を目的に絞って領内の掃除の下準備を進める事にした。

「……とはいえ、領内の草花も夜の闇も私達の目と耳に等しい。すぐに情報は集まるだろうな」

私の呟きに、この場に居る誰もが、一部は苦笑を交えて頷いた。

草花はディアドラとエンテにいくらでも情報を提供してくれるし、最高位のバンパイアであるドラミナにとって、夜の闇は自分の体の一部にも等しい。

ベルン男爵領内で隠し事というのは、不可能に近いのだ。

†

諜報員対策の会議を行なってからしばらく、私達はこれまで通りの日常を過ごしていた。

東の轟国と高羅斗、皇位継承者問題で揺れる西のロマル帝国でも大きな情勢の変化はなく、表立っては平穏と言えただろう。

日々、リネット、ガンデウス、キルリンネが刈り取ってきた諜報員達が牢獄《ろうごく》に放り込まれ、ディアドラとドラミナによる情報網はその精度を増して膨大な情報を集めてくる。

セリナは故郷の同胞達ばかりでなくリザード族やレイクマーメイドをはじめ、エンテの森の諸種族らとの交流と折衝、仲裁にと外交方面で八面六臂《はちめんろっぴ》の大活躍。

出入りする職人、商人、移住希望者に傭兵と、調べるべき対象は膨大だが、私達の能力ならば問題はない。

ただやはり、今の私達の代が抜けた後は、そうはいかない。個々の能力に頼った領地運営というのはよろしくない。

分かっていた事だが、私達の子孫にまで同じ基準を求めては酷だし、代わりの利く人材で運用可能な大多数の人々にとって恩恵のある領地運営の骨子を築くのが責務だな。ふむん。

「本当に、表立って見えるところは順風満帆《じゅんぷうまんぱん》なのだがな」

私はカラヴィスタワー視察の為に用意された馬車を前に、ついついそんな愚痴《ぐち》を零していた。

これから向かうカラヴィスタワーは、破壊と忘却の大邪神カラヴィスが私達への贈り物としてベルン領内に建造した巨大な塔だ。

最悪級の大邪神と知られるカラヴィスの建造物とあって、当初は他の真っ当な神を信仰している教団関係者から危険視されて、物議を醸《かも》した。しかし内部で貴重な古代の遺物や住人達が発見された事もあり、現在ではベルン男爵領の管轄として対応を任されている。

とはいえ、曲がりなりにも神の建造物という事で、対外的にこの大邪神製の建築物の扱いには苦慮しているのが実情だ。

視察の馬車はホースゴーレム四頭立てで、乗り込むのは私とクリスの二人のみ。

本来、領主が向かうとなればもっと人員がつくものだが、護衛は私一人で充分だ。クリスも身の回りの世話から戦いまで全て自分一人でこなせるし、公的な視察ではないという観点から、今回は二人きりである。

せっかく婚約したのに二人きりになる時間が少ないのを、家臣達が配慮してくれたというのもあるかな？

「普通だったら僻地《へきち》の新興貴族なんて誰にも相手にされないものだが、こうも諜報員を送り込まれて、注目されてしまうとはな。カラヴィスの塔に関する探りもまだまだ行われているし」

私の愚痴を耳にしたクリスは、笑いながら馬車のステップを踏み、中に乗り込む。

「カラヴィス教団は謎の壊滅をしたとはいえ、新しい指導者が現れたとしたら、あの塔ほど分かりやすく利用されそうなシンボルはないからな。塔が利益を生むにせよ、教団関係の方々は警戒を緩めるわけにもいかないだろうさ。これればかりはマイラール様やケイオス様も、おいそれと神託《しんたく》を下せないだろうね」

「カラヴィス自身に悪意はなくとも、忘れ去った大昔の悪巧《わるだく》みが今更になって爆発しないとは限らないしな。リリエル達が管理してくれているとはいえ、私もある程度は気を張っているよ」

ドラグサキュバスのリリエルティエルは、れっきとした女神で、カラヴィスタワーを管理してくれている。

「とはいえだ、ドラン。塔の事を抜きにしても、ベルンに対して周囲が注目してくるのは無理ないんじゃないかな。我が事ながら、とても普通とは言えない自覚くらいある。特にドランの場合は表に出ないだけで、何度も私達の度肝を抜いてきたしね」

この言葉に、私は全く反論出来なかった。

このベルンほど普通という言葉と縁遠い土地はない。そうしたのは、他ならぬこの私であったから。

「ぐうの音《ね》も出ないよ。それでは、タワーへ行こうか。なるべくゆっくりとね」

私は御者台《ぎょしゃだい》に腰掛けて、ホースゴーレムの手綱《たづな》を操る。

早朝の爽《さわ》やかな空気の中を、馬車はゆっくりと進みだした。

最初はどうするべきか頭を抱える羽目になったカラヴィスタワーも、どうにか領地と領民の利益になる方向で活用する指針が立ってボチボチと作業が進んでいる。

リリエルティエルを筆頭に、現地で働いている者達を激励《げきれい》し、交流を深める他、カラヴィスタワーの所有権を明確にする意味でも、領主が直々に視察に向かう意味がある。

そして何より、私とクリスとが余人を交えずに同じ時間を共有する貴重な機会でもある。個人的には、この目的こそが最も大きい。

道中はなんともまったりとした時間が過ぎる。

ベルン領内に野盗の類は居ないし、危険な魔物や猛獣も討伐するか、人の生活圏との棲み分けを済ませてある。

家臣達が二人きりでの視察を許してくれたのは、私とクリスの実力もさる事ながら、今のベルン領内で危険はあるまいと考えたからこそだ。

それに、万が一の事態になっても、ベルンとカラヴィスタワー、どちらからでもすぐに助けを寄《よ》越《こ》せる距離だしな。

御者台の私は、客車内と通じる小さな窓を開いてクリスと何気《なにげ》ない日常の会話を重ねて時間を過ごしていた。

今日はクリスの使い魔にして家族である不死鳥のニクスもおらず、本当に私とクリスの二人きりだ。

魂《たましい》を宿し、私達と変わらぬ自我を持つ剣ドラッドノートは居るが、空気を読んで沈黙を保ってくれている。ありがたい。私は心の中で感謝の言葉を告げた。

†

ベルンを出発してしばらく、太陽の位置が高くなってきた頃。

そろそろお昼ご飯にしても良い時間だろうと考え、私は馬車を道の脇に寄せて停めた。

二人でのんびりと食事をするのはとても素敵だ。

馬車から降りるクリスの手を取り、二人で外に出て周囲を見回す。

遠くにはカラヴィスタワーが見え、周囲には私達以外に道を行く人の姿はない。

いつもならばカラヴィスタワーとベルン間を行き交う人々の影がいくらかあるはずなのだが、これは奇妙な話だ。

クリスは腰のベルトに差した愛剣二振りに触れながら、嫌そうな顔で周囲を見回す。

「せっかくの時間だが、こういう時に邪魔が入るのは、狙ってやっているのだろうな。人払いの魔法か？」

本来、居るだろう通行人の姿が見られないのは人為的なもので、クリスはそれをドラッドノートに頼るまでもなく、自身の感覚で察しているようだ。

「ロマルからのちょっかいにしては、短絡的《たんらくてき》というか直接的だな。それとも、私とドランの実力を確かめる為の威力偵察か？」

鞘鳴りの音を立てて、クリスが二本の愛剣――ドラッドノートとエルスパーダを引き抜いた。

陽光を浴びた銀の刀身が輝きの粒を纏う。

「本拠地のベルンから領主と補佐官の私が二人きりで外出となると、まあ、狙い時ではある。使われているのは人払いの魔法ではないな。というより、魔法ではない。ドラッドノート、君なら解析出来ているだろう」

私に話し掛けられて、これまでずっと口を閉じていたドラッドノートが応える。

『別空間への隔離です。現実空間を模倣《もほう》した亜空間へ強制的に移動させられています』

「それはなんとも、思ったよりも高度な技術で連れ去られたのだな。ドランとドラッドノートが阻止しなかったのは、そうして下手人を釣り出すのが目的かい？」

「流石クリス、私のやり口をよく理解している。王国に頼らずに私達で内々に片付けられる相手だと手っ取り早くて済むが、さて、何が出てくるかな」

私達は馬車の傍で成り行きを見守ったが、すぐに何かが襲い掛かってくるという事はなかった。こちらを観察中かな？

「飢《う》え死《じ》にでもさせるつもりか？」

クリスは心底嫌そうに口にする。食べるのが大好きな彼女にとって、餓死《がし》は特に嫌な死に方の一つだろうな。

「もしそうならばなんとも悠長《ゆうちょう》な話だが、時間の流れは特に操作されていない。外との時間差はないね。そうなると、あまり時間を掛けるとベルンでも騒ぎになる。速攻で来ると思うのだけれど」

「それもそうだな。こちらもタワーへの到着が遅れるのは本意ではない。ドラッドノート、この空間を斬ろうと思うのだが、支障はあるか？」

クリスの呼び掛けにドラッドノートが答える。

『通常空間に帰還する際に、亜空間の崩壊現象による衝撃波が四方に広がり、地震の発生も想定されますが、そちらは私で対処いたします』

「なら斬るか」

『可能であれば、亜空間と現実空間の境界で斬られた方がよろしいかと。影響を小さく抑えられます』

「そうか。境界は来た道を戻るか進むかすれば、いずれは着くだろう」

クリスは道の前後を見比べて、何も変わりなく見えるこの牢獄の世界の真実を暴《あば》くように赤い瞳を凝らす。

「境界を越えようとすると、来た方角に強制的に戻されると見た。延々と同じ道をループさせられる類の隔離空間か。なおさら高度な技術だな。これを魔法以外の手段で実現しているのか、ドラン？」

「ふむ、高度に発達した魔法と科学は境目があやふやになるが、私達を陥《おとし》いれた技術は科学由来だよ。ロマルや轟国がこの水準の天人の遺産を運用しているとは考え難いから、第三勢力の可能性が高いな」

「リネット達が接触したアレか。また新しい敵とは面倒だなあ。バストレルの時みたいに本拠地に乗り込んで敵の首魁《しゅかい》をバッサリ、で済む話なら助かるけど、どうなるものか」

私はホースゴーレムと馬車を、自らの影を収納空間にする『シャドウボックス』の中にしまい込み、クリスと並んでカラヴィスタワーへと歩きはじめる。

元の世界に被害が及ぶにしても、タワー近くの方が影響を抑えられる、という判断による。

「敵襲を警戒しながらだが、二人きりの散歩と洒落込《しゃれこ》もうか」

「兵糧攻《ひょうろうぜ》めだけは勘弁《かんべん》してほしいよ」

クリスがうんざりした様子で呟いた。

「危機感より食《く》い気《け》が勝《まさ》るかあ」

「人格形成の時期に飢えていたからね。仕方ないと思って見逃してくれ。意地汚い真似は控えているつもりだよ？」

「ふふ、そこは信じているよ。そんなクリスにはこれをあげよう」

馬車をしまう際に回収しておいたサンドイッチを一つ、クリスに手渡す。

パリッと焼いたバゲットに、分厚いハムの揚げ物と細かく刻んだゆで卵、シャキシャキとした歯応えのレタス、トマトで煮込んだ牛ひき肉をこれでもかと挟み込んだものだ。

クリスはぱっと顔を明るくして、紙の包みごとサンドイッチを受け取る。

かなりの量だが、彼女の胃袋からすればおやつ程度の感覚だろう。彼女は高位の超人種だから燃費は良いはずなのだが、大食いなのは個人の趣味嗜好と過去の経験に由来するのかな？

「それでは、いただきます」

あーん、とクリスが喜々としてサンドイッチに齧《かじ》り付《つ》き——

「ごちそうさま。うん、美味しかった」

——と、満足げに言うまでにほんの三分ほど。

あれだけ大きなサンドイッチならもっと時間が掛かりそうなものだが、うちの主君はぺろりと平《たい》らげる。

そしてその僅かな三分の間に、私達の周囲にはガラクタと生き物の骸《むくろ》の山が出来上がっていた。

アークレスト王国やロマル、轟国といった大国でも持たない高度な技術で作り出された機械と生物兵器達の末路《まつろ》である。

「天人達の兵器とはいささか異なる技術系統の敵だったな」

「私はドランと違ってそういう方面はとんと分からないが、バストレルと戦う以前の私なら、大いに苦戦したと思うよ。これらが戦争に大量投入されたら、人類の国家では対処出来そうにないな。まあ、メルル様なら問題なく蹴散《けち》らすだろうけど」

「あの方は間違いなく人類の規格外だよ。そのうち霊的な位階を上げて人類の次の段階に進化するだろう」

クリスはあまりピンと来ていないらしく、僅かに首を捻る。

「進化するとどうなるのだい？　こう、腕が増えたり、目玉が増えたりするのか？」

「そうなる可能性は低いが、大抵は生命を肉体に依存しなくなるな。分かりやすく言うと、精神だけで存在出来るようになる事例が多い」

「精神生命体というやつか。それだけを聞くと、幽霊とあまり違いがないように思えるな」

「幽霊は死神に冥界《めいかい》へ連れていかれるが、精神生命体なら冥界行きは免《まぬが》れるよ。肉体の状態に生死を左右されないからね。好みの肉体を用意して、服のような感覚で乗り換える者も居たね」

「肉体が服飾品ねえ。今の私には共感しがたい価値観だ。体の替えが利かないからかな？」

「私はそれでいいと思うよ」

そう答えたが、既にクリスの霊格は亜神の域に達しているから、メルルよりも上だったりする。

まあ、今それを口にしても仕方がない。それより、建設的な話を進めよう。

「さて、もう分かっていると思うが、これらは私達の戦闘能力を観察する為に送り込まれた捨て駒だ。追加が来ていない事から、考えられるのは二つ」

「もう観察は充分だとやめたか、確実に私達を倒せる戦力を用意しているか、かな？」

「そうだと思うよ。私達が本気を出していないのは明白だろうが、すぐに行動してくるか、間を置くかは相手次第……ふむ、来たか」

「ん、やはり感知はドランの方が早いな。私は今、ようやく気付いたぞ」

私とクリスは気配をまるで隠そうともせずに近づいてくる新たな敵に気付き、そちらへと視線を向ける。

戦いを観察していた誰かは、まるで流れ星のように彼方の空から姿を見せた。黄金の光を発する人影が飛来してきて、私達の真上で動きを止める。

問答無用で叩きのめすにしても、背後関係の情報を手に入れる為に生け捕りにするのも選択肢の一つか。

ソレは黒を主体に襟《えり》や袖口《そでぐち》が赤い軍服を纏い、黒い長髪の上に軍帽を被った痩身《そうしん》の男性だった。軍帽にはおそらく国章であろう天秤《てんびん》の金属製のプレートが埋め込まれており、天秤の支点が目になっているのが特徴的だ。

年の頃は二十代後半から三十歳に届くかどうか。黄金の色を湛《たた》える目は剃刀《かみそり》のように鋭い。

彼は軍服の上に肩から掛けた白いコートの裾を両手ではね上げて、私達を見下ろしながらあらん限りの大声で叫《さけ》んだ。

「聖法王国ぅうう、万ッッッ歳‼」

おやまあ、随分と濃い奴が出てきたものだ。

地平線の果てまで埋め尽くす落雷の如き大音量は、こちらの腹の底まで響き渡るほどだったが、何しろ内容が内容だったので、私は好奇心を擽《くすぐ》られていた。

「聖法王国か。いかにも宗教国家めいた名前だが……」

「んん、失礼。そしてアークレスト王国ベルン男爵と補佐官のお二方ぁ‼　自分はディファクラシー聖法王国の天意聖司《てんいしょうし》第五席を与るハークワイアと申しぃます。先触れもなく唐突に参上いたしました非礼を、まずはお詫びいたします！」

ハークワイアとやらはこちらに言葉を挟む隙を与えずに大声のまま挨拶をし、慇懃無礼《いんぎんぶれい》とはまさにこれだという調子で捲《まく》し立《た》てた。

そのまま彼は左掌を胸の上に重ね、私達に向けて深く腰を折る。形だけの謝罪をよくもまあ堂々としてくれるものだ。

クリスは困惑と警戒の雰囲気を発していたが、ハークワイアの神経を苛立《いらだ》たせる態度により、攻撃の成分に偏りはじめている。私も一発かまそうかな？

こちらの雰囲気の変化はハークワイアも理解しているだろうが、よほど自分の力量に自信があるようで、動じた様子はない。

彼は体を起こすと両手を大きく広げ、新たな言葉を紡《つむ》ぎ出《だ》す。

放っておいてもべらべらと情報を喋《しゃべ》ってくれそうではあるが、しばらく放置して様子を見るか悩ましいな……ふんむ。

「今、この時をもって、我が偉大なる祖国、素晴らしき愛の国、自由と平等を尊《たっと》ぶ聖法王国は、全種族、全教団、全国家に対して布教と教化を宣言いたします！　我らは人種を問題とはしません。

性別を問題とはしません。貧富を問題とはしません。思想を問題とはしません。教養を問題とはしません。身分を問題とはしません」

ハークワイアは芝居がかった身振りを交えて演説を続ける。

「さあ、我らと兄弟に、親子に、恋人に、友人に、伴侶に、同胞となりましょうや。条件はぁ、ただひとぉつ。我らの神デミデッドを信仰し、代弁者たる聖法王陛下を信愛し、同じ神を奉《ほう》ずる信徒同士心から信頼し合う事ぉ！　いや、これでは三つ！　小生《しょうせい》、失言、失敗、失態でしたな。ふはははは！」

話を聞かない類の人間とはこの人生でもそれなりに出会ってきたが、このハークワイアとやらはその中でも押しが強いというか、鬱陶《うっとう》しさが桁違《けたちが》いだな。

だが、思った通りに向こうからべらべらと喋ってくれた。

まあ、宗教国家であるのなら、宣戦布告がてら自分達の信奉《しんぽう》する神の名を礼賛《れいさん》と共に口にする確率は高いよな。

「ふむ」

「デミデッド？」

聖法王国の奉じる神の名を聞いて、私とクリスが顔を見合わせる。

聞き覚えがあるかとお互いに視線で問い掛けたのだが、表情から察するに、クリスも知らんか。

「知らぬ神の名前だ。似たような響きならいくらでもあるが。他の神からの働き掛けを警戒して偽《いつわ》りの名前か新しい名前を信者に告げている可能性あるか？　それか、私が死んでいる間に誕生した新しい神かもしれん」

一応、古神竜ドラゴンとして存在していた間に誕生した神の名前は、概ね把握している。

だが、死んでからドランとして生まれ変わるまでの間に誕生した新世代の神も居るから、そちらになると私の知らない神ばかりになる。

「ドランも知らない神か。でも、あれだけ誇らしげに語っているのだから、実際にデミデッドとやらから何かしら恩恵はあるのだろうね。少なくとも、実在していると見て間違いないんじゃないかな？」

私もクリスも該当する神を知らないとなると、後の戦いの為にも、いくらか情報を得たいところだ。

そんな私達の思惑を知ってか知らずか、ハークワイアは大袈裟《おおげさ》な調子で喋り続ける。

「ああ、しかし、我らは異なる信仰、異なる国、異なる思想を持つ万民を等しく新たな家族として迎え入れてまいりましたが、今回ばかりはいささか話がぁ、異なっております。何故ならば、お二人は、そう、お二人は！　まことに遺憾《いかん》ながらぁ教化の対象外となりました。ああ、今世においては皆様を家族とするのを諦めたのです。申し訳ありませえん‼」

深々と頭を下げるハークワイアを見て、クリスが肩を竦《すく》める。彼女の顔には呆れの色が濃い。

「本気で申し訳ないと思っているな、あいつ。ふざけた話だが、私達を殺すと宣言したようなものだ。ドラン、ここは一つベルン男爵領侮《あなど》りがたしと思い知らせるべきではないかな？」

「それもそうか。では思う存分私達の力を実感していただこうか。だが、覗き見は不愉快だ。そちらの目を潰してからとしようか」

ふむ、今のところこの場にハークワイア以外の気配はないが、よそから覗き見している連中はいるようだ。

……魔法と、それ以外の監視の手段も使っているな。

私は何もない空間へと左手を伸ばし、軽く握りしめた。傍目《はため》には何をしているか分からないだろうが、私の掌中《しょうちゅう》では常人の目には映らないほど小さな羽虫めいた機械がいくつも握り潰されている。

天人文明の特徴とはいささか異なるが、私がまだ見た事のない時代の天人の品か？

これらはハークワイアが姿を見せた直後から風に乗って広がっており、情報収集を始めていた。

神の下僕を名乗りながら、神官ならば纏う信仰対象の神の気配を感じさせない者に、この時代にはあり得ない科学技術と魔法技術の融和《ゆうわ》による超小型の機械ねえ？

私が連中の背後関係に色々と推察を巡らせている間に、ハークワイアは次の行動へと移っていた。

彼が両手を頭上へと掲げると、青白い雷光が蛇行するように走り、そこに球形の光が現れて見る間に巨大化していく。

「これはぁ、新たな家族を得られず諦める他なかった我が神の嘆《なげ》きを、小生が拙《つたな》くも表現したるもの！　ベルンのお二方ぁ、それではこれにて、おぅさらばああ。神罰執行《しんばつしっこう》、天罰覿面《てんばつてきめん》、神を嘆かせるんじゃあない！　ゴッド・グリーフ・スフィア‼」

ハークワイアの両腕が勢いよく振り下ろされるのに合わせて、彼の手の先で形をなしていた青白い光の玉が私達目掛けて落下してくる。

落下の速度自体は大したものではないが、それを補う攻撃範囲がある。

「魔力も闘気も感じられない攻撃か。ますます背後関係が気になるな」

まずはあのゴッド・グリーフ・スフィアとかいう傍迷惑《はためいわく》な攻撃へ対処しなければ。

実際、あの光の玉に内包された力は相当なものだ。

あの攻撃を連射出来るならばハークワイアの火力は、王国最強の魔法使い〝アークウィッチ〟にも匹敵しよう。

これだけの力を持ちながら、席次は第五席か。もし実力の高い者ほどより高い席次に就くのなら、ハークワイアの上にあと四人も居る事になる。そう考えると、聖法王国の人材の層は相当な厚さだ。

「火の理《ことわり》　地の理　我が声に惑い　我が意に従い　燃える奈落《ならく》となれ　ジオプロミネンス！」

私が行使したのは、超高温の炎と重力場を同時に発生させる、高位の理《ことわり》魔法《まほう》だ。

周囲の重力を歪める大きな黒い球体の周囲に炎が燃《も》え盛《さか》り、さながら漆黒《しっこく》の太陽の如き物体がゴッド・グリーフ・スフィアと激突してその落下を食い止める。

ハークワイアはにんまりと笑みを深めて、白手袋に包まれた両手を左右に大きく広げた。その姿は翼を広げた禍々《まがまが》しい鳥のようにも、またあるいは自分に酔いしれる演者のようにも見える。

「おお見事ぉお！　でも死ね！　小生は天意聖司第五席〝神の情〟ハークワイア！　我が神の歓喜、憤怒《ふんぬ》、哀切《あいせつ》、悦楽《えつらく》、憎悪《ぞうお》、憤懣《ふんまん》、悲嘆《ひたん》、怨恨《えんこん》、憐憫《れんびん》、侮蔑《ぶべつ》、憧憬《しょうけい》の全てを、小生は全身全霊ぃいをもって体現するぅ！　ゴッド・メランコリー・ジャッジメント‼」

ハークワイアの叫び声と同時に、彼の頭上に満天の星空を思わせる無数の輝きが灯った。

もちろん、夜でもないのに急に星が輝きはじめたわけではない。これらはハークワイアが放った二つ目の攻撃だ。

数十万にも及ぶ輝きは、星の海の彼方から降り注ぐ光を集め、増幅させたもののようだ。

「まぁだまだ！　駄目押しの、神の、怒り！　ゴッド・アングリー・エクスプローゥジョォオン‼」

神の威光《いこう》を振りまけるのがよほど嬉しいのか、満面の笑みを浮かべるハークワイアは、言葉通り駄目押しの一撃を放ってきた。

彼が勢いよく両腕を交差させるのに合わせて、青白い光の颪とでも言うべき現象が発生する。

私達目掛けて襲い来る神の怒りの爆発が、さらに巨大な爆発を発生させて、まるで太陽が落ちてきたかの如き光が夜空の果てまで届く。

天地も分からず、全てが出鱈目《でたらめ》に攪拌《かくはん》されているような爆発と衝撃は、その只中《ただなか》に放り込まれた者に、世界が壊れたのかと錯覚させるほど大きなものだった。

ようやく爆発が収まった頃には、辺り一帯の地盤がことごとくひっくり返り、まるで天変地異が巻き起こったかのような有様《ありさま》だった。

熱烈に神への信仰を口にしながらも、神の気配をまるで感じさせぬ乱入者――ハークワイアは、いまだ収まらぬ砂塵《さじん》と土塊《どかい》の嵐の中で、自分の成果を確かめるように目を細める。

「いやはや、一切合切《いっさいがっさい》まとめて一緒くたに消し飛ばして差し上げようとした次第ですが！　補佐官殿に男爵殿は、小生の想像をはるかに上回る実力者であられた様子。しかし神の代理者たる小生の攻撃の余波を防ぐとは、なんんんたる不遜《ふそん》！　いや、これぱかりは小生の見積もりの甘さを悔いるばかり‼」

砕かんばかりに歯を食いしばって悔恨《かいこん》の情を露わにするハークワイアだが、砂と土の嵐の中を突っ切る影が自分に迫っているのに気付いていたかどうか。

その影――クリスが、エルスパーダとドラッドノートを振りかぶって背後から容赦なくハークワイアの首を狙う。

「ならばそのまま死んでいけ！　いちいち大仰《おおぎょう》な男め！」

「奇襲を仕掛けておきながら声を掛けるとは、不心得《ふこころえ》の極み！」

背後の気配と声に、ハークワイアは電光石火《でんこうせっか》の速さで腰に差した剣を抜き放った。

湾曲した刃を持つサーベルが青白い雷光を散らしながら、背後の影へと叩きつけられる。

稲妻《いなずま》をも切り裂くだろう一撃は、しかし何もない空間を斬るだけだった。

「転移か⁉」

然《しか》り。クリスの姿は背後へサーベルを振り抜いたハークワイアの〝背後〟にあった。跳躍しながらの短距離空間転移は、ドラッドノートの能力によるものだ。

見事、ハークワイアを手玉に取ったクリスは、大上段に振り上げた両剣をあらん限りの力で振り下ろす。

「しぇあ！」

バチン！　と雷光の弾ける音が一つ。文字通り、雷光の速さで動いたハークワイアのサーベルが迎え撃った。

周囲に青い稲妻と衝撃波をまき散らしながら、両者が大きく弾き飛ばされる。

空中でくるりと回転して体勢を立て直すクリスに、ハークワイアはコートの裾をバタバタとはためかせながら笑う。

ふむ、彼にしてみれば予想外の大苦戦だろうが、癇癪《かんしゃく》を起こしたり不快感を露わにしたりする様子はそう見られない。不敵と褒めるべきか？

「私達の命を狙いに来ただけの事はあるか」

「ふっはははは。左様でございますな。小生は聖法王陛下の聖なる意志と、神デミデッドの神意に基づきお二人を……この世界から退場させる為に参ったのでぇす！」

ハークワイアは右手にサーベルを握ったまま、空いている左手をクリスへと素早く振るう。

「聖罰《せいばつ》・雷霆瞬光《らいていしゅんこう》！」

ハークワイアの左手の動きに合わせて、ずらりと十三本の雷の槍が空中に浮かび上がる。

一本一本がバリバリと音を立てる槍からは、彼同様に神性は感じられない。

ふむ、魔力の気配も感じられないとなると……超能力の類か、それとも発電出来るように肉体を改造したか、そのあたりが手品の種だろう。

観察する私をよそに、雷の槍がクリスへと殺到《さっとう》する。

自然現象としての雷を大幅に超える威力の雷の槍を、彼女は神通力《じんつうりき》によって両手の剣を光の速さで振るい、一本残らず斬り落としてのけた。

砕け散る雷光に全身を照らされながら、クリスは赤く鋭い眼光でハークワイアを捉え続けている。

「おん見ィ事。しかし、小生はまだまだ元気いぃぃっぱいですぞ！」

さてそろそろ私も動こう。

「ふむ、ではここで怪我の一つも負ってもらおうか」

激突で生じた周囲の砂塵と土塊が吹き飛ばされたところで、私は動いた。

私は地上から飛び上がり、すれ違いざまにハークワイアの左腕を根元から竜爪剣《りゅうそうけん》で斬り飛ばす。

彼は私への警戒を怠《おこた》っていなかったが、存在に気がついた時には後の祭りだった。

ハークワイアは笑顔を凍らせたまま私を振り返り、間抜けな声を出す。

「は？」

流石に接近に気付けないばかりか、腕を斬り落とされたのは予想外だったようだ。

私は切り飛ばした腕を掴み取りながら、ハークワイアの背後で止まり、一滴も血の滲まない切り口を観察する。

「自動で止血が始まったな。細胞一つ一つに手を加えているのか。観察の為に斬ったが、ふむ、そうして正解だった。生まれは人間でも、途中で変えられた口か？　それとも志願して変わった口か？　過程が違うだけで結果は同じだが」

ハークワイアは私の視線を受けても顔色を一切変えず、喜悦の笑みを浮かべ直した。

さて、これは精神が強いと言ってよいやら。彼自身の個性というより、そのように精神構造を変えられている可能性の方が大きいようにも思えるし、ふむん。

「小生は髪の一本、爪の一片、血の一滴まで神ぃのものぉ！　それを奪うとは、なんたる不遜‼

天罰執ッ行！」

私の掴むハークワイアの左腕が急速に熱を持った。

細胞の一片たりとも敵に渡さぬ為の自爆処理か。たちまち腕の内側から爆炎が広がって、私を呑み込まんとする。

「想像の内だよ」

ただし、炎は私が掌の上で展開した球形の結界の外に溢れる事は叶わず、私を燃やすどころか熱を伝える事も出来ない。

封じ込めた爆炎を亜空間に放り込み、内部で解放して処理を済ませる。私はハークワイアの左腕の付け根に目を向ける。

私によって切断された個所から無数の光の粒が溢れ出し、見る間に腕の輪郭を描くと、彼の腕が衣服も一緒に再生した。

ふむ、再生能力を阻害しない普通の斬り方をしたとはいえ、衣服まで一緒に再生するとは便利なものだ。

これで再生に関する情報も得られた、と。

「細胞の再生とは違う原理のようだが、それも神の恩恵かね？」

「ンン！　我が神デミデッドのもたらしたる大いなる知啓《ちけい》を我らの先祖が代々研究し、解析し、発展させてきた技術の一つなれば！　貴殿の言われる通り恩恵に他なりませぬなあ！」

信憑性《しんぴょうせい》はともかく、ハークワイアは私の問いに律義《りちぎ》に答える。しかしその間にも、クリスが苛《か》烈《れつ》に斬り掛かっており、彼は弾き飛ばされそうになりながら、嵐を思わせる連撃をいなしていた。

クリスの一撃をサーベルで受ける度に、ハークワイアは最低でも右腕を粉砕骨折《ふんさいこっせつ》しているはずだ。

受け流しが甘かった場合には、衝撃によって内臓破裂もしているだろう。

それでも苦痛の色を見せずにクリスと斬り結び、同時に私への警戒を緩めないのは、なかなかの気力の持ち主であると褒めてもいい。

クリスが振るった横薙《よこな》ぎの一撃を、ハークワイアが切っ先を下に向けたサーベルで受けた次の瞬間、私は動いた。

「余計な野心を持った神だな」

クリスと前後からハークワイアを挟む位置に、音を置き去りにする速さで飛び、接近と同時に縦一文字に竜爪剣を振り下ろす。

ただ振り下ろすだけの単純極まりない一撃は、ハークワイアの後頭部の僅か上で雷の網のようなものに搦《から》め捕《と》られた。

しかし、刃を通じ私を感電死させようとした雷は、竜爪剣を形作る魔力に阻《はば》まれてバチバチと耳《みみ》障《ざわ》りな音を立てるだけに終わる。

「おっと、危険、危〝剣〟‼　ハハハハ」

ハークワイアめ、つまらない駄洒落《だじゃれ》を口にする余裕があるか。

刃を捻り、雷の網を千切った時には、既にハークワイアは全身に細い雷を纏って私とクリスから大きく距離を取っていた。

発電とその応用が基本戦術で、ゴッドなんたらという大技は切り札といったところか。

「いやはや、いやはや、それにしてもお二人はお強い。超人種たる男爵閣下はもちろん強敵と分かってはおりましたが、補佐官殿がここまでおやりになるとは、想定外の予想外。想定を上回り、予想を上回られてしまうとは」

「私とドランを同時に相手にしても道化《どうけ》めいた口は止まらないか。煩《わずら》わしさと疎ましさが増すばかりだ」

自然と私の右側に並んで空中に立ったクリスが愚痴を零した。

「まったくだ」

苦笑しながら同意を示した直後、私は竜爪剣を眼前に一振るい。

クリスもまた私と同じように剣を振り、突如ハークワイアの後方から飛来した白い光の矢を叩き落す。ハークワイアの仕業《しわざ》ではない。

彼一人では奇襲が上手くいかず、予備戦力を投入してきたのかな？

北の空から豆粒ほどの大きさの人影が二つ急速に接近してきて、瞬《またた》く間にハークワイアの両隣に並び立った。

二人ともハークワイアと同じ意匠の軍服とコートを纏い、頭には軍帽を乗せている。

一人は二十代半ばと思《おぼ》しき純人間種の女性。猛禽類を思わせる目つきに黄金の瞳と褐色の肌、それに何房にもまとめられた長い金髪を持っていて、肘から指先までを完全に覆い尽くす黒い籠手《こて》を嵌《は》めている。

もう一人はハークワイアよりも頭二つほど大きい、大柄な灰色の毛並みの人狼だ。狼の特徴を持った人間ではなく、人間のように二足歩行している狼という外見の種族で、武器らしきものは腰の左右に提げた斧か？

さて、いきなり吹き飛ばしてしまおうか、どうしようか。私が決める前に、黄金の瞳の女性が口を開いた。

ふむ、ここは一つ情報収集として、黙って話を聞こう。

「お初にお目に掛かります、クリスティーナ・アルマディア・ベルン男爵閣下、そしてベルン男爵領補佐官ドラン・ベルレスト騎爵。私はハークワイアと同じ天意聖司の第六席バナキア」

見た目の印象を裏切らないお堅い感じだな。仮に天意聖司の席次の数字が若いほど位が高く、実力も高いとなれば、バナキアはハークワイアの一つ下か。

まあ、席次の数字に意味がない可能性もあるけれど。

バナキアに続いて人狼もまた私達の顔を見てから、人懐《ひとなつ》っこい仕草で片目を瞑ってみせた。おどけた仕草だが、私とクリスに殺意を乗せた不意打ちの矢を放ったのを、なかった事には出来んぞ、狼くん？

「あてくしはこのバナキアとハークワイアと同じくデミデッド神と聖法王陛下より、天意聖司の席を与っております、ウーブルですわ。席次は第四席。短いお付き合いになるのか長いお付き合いになるのか、今はまだ分かりかねますけれど、せっかく出会えたのですから、よろしくお願いいたしますわん」

私とクリスを前にしてもまだ余裕がある新顔の二人だが、彼女らもまたハークワイアと同様に、魔法でも神の奇跡でもない力を持つのだろう。

出力が違うだけで全く同じ系統というのでは、あまりにも芸がないしな。

「私の暗殺にお前達三人を派遣したか。たった三人で事足りると判断されたのは、甘く見られたものだと言いたいが、ここでお前達を討ち取れば、お前達の主君の鼻を明かせるかな？」

そう言って、クリスは二人を眼光鋭く睨みつける。

今や亜神の領域に達したクリスの眼光は高位の魔眼にも等しいが、それを受ける天意聖司と騙《かた》る者達は問題ないようだな。

敵意を剥き出しにするクリスに対して、ウーブルは腰の斧に手を伸ばしもせず、まるで宥《なだ》めるように穏やかな声音で話し掛けた。

「あてくし達としましても、あなた方への対応はとっても驚いておりますの。何しろ、これまで我らの神は異なる者達を受け入れてきましたのに、あなた達はそれから漏れた初めての例。それだけ特別という事なのですわよ。よその神話大系になぞらえるのなら、あなた達は邪神か――いえ、悪魔に相当するのかしらね」

ウーブルの物言いに、クリスは眉をひそめて不快感を露わにする。いきなり暗殺にやってきた挙《あげ》句《く》、勝手に自分を悪魔呼ばわりとなれば、誰だって面白くないわな。

「お前達の事情など知った事ではないと言いたいところだが、そちらの王は自分達の教えを広げて、押し付けて、単一の考えのみで世界を染め上げるつもりなのだろう？　それもまた偉業と言えば偉業だろうが、私には認めがたい。いいだろう、貴様らの宣戦布告を確かに受け取った。聖法王とやらを玉座《ぎょくざ》から引きずり下ろし、貴様らの神の像があるならばそれをことごとく打ち砕いてみせよう」

クリスの宣言に応じたのはウーブルではなくバナキアだった。

あれだけ言われたら烈火《れっか》の如く怒り出すかと思ったが、彼女は聞き分けの悪い子供を前にしたように笑った。

「ふふ、希代《きだい》の新鋭《しんえい》とはいえ、言葉選びは凡俗《ぼんぞく》だな。これまで似たような台詞《せりふ》を何度耳にしてきた事か。そして、それを口にした者達は皆、同じ末路を辿った。お前達にも同じ結果が待っている」

言葉の応酬《おうしゅう》の中で、私達はいつでも戦闘行為に及べるように神経を尖らせていたが、これを打ち破ったのはクリスだった。

先程見せた短距離空間転移からの奇襲を仕掛けたのである。

ドラッドノートの刀身に太陽を思わせる小さな輝きがいくつも生じていて、彼女は姿を現しざま、ウーブルが咄嗟に交差させて構えた斧へと正面から刃を叩きつける。

刃に生じた輝きは一種の爆弾だったようで、斧と触れた瞬間、指向性を持った閃光《せんこう》となってウーブルの全身を覆い尽くし、悲鳴を上げる間も許さず、跡形もなく蒸発させた。

この容赦のない瞬殺劇に合わせて、私もまた、流星の勢いでハークワイアの頭上から襲い掛かっていた。

彼は雷光と共に私の奇襲に反応するが、雷光よりも速い私の光の刺突はハークワイアの左肩口から腹までを貫く。

我が古神竜の魔力を乗せた鋭き刃の前に、彼が全身に巡らせた雷の網と電磁場による守りなど儚《はかな》きもの。

私はハークワイアが苦しみの声を漏らすのを気に留めず、竜爪剣を捻り、そのまま大きく振りかぶって地面へと振り抜いた。

あまりの速度で投げられたハークワイアは空中で体勢を整える事も出来ずに、地盤が出鱈目に攪拌された地面に激突して、轟音《ごうおん》と共に地中深く埋もれる。

「妙な手応えだ。人間を斬った感触ではない。鍛錬《たんれん》の差ではなく、根本的に人間の血肉ではない感じだな。人間の形をした人間でない者か。いつの時代でもちらほらと見かけるが、お前達は自分達を〝何〟と定義しているのか」

「もちろん、敬虔《けいけん》なる神のの、の、しし、使徒にして信徒、げぇぼくでございますがぁあ⁉」

「やだやだ、びっくりしすぎて心臓が跳ねているわ。毛並みの艶に悪影響が出てしまいそうねぇ」

ぎこちない喋りはハークワイアで、毛並みを気にしているのがウーブル。

跡形もなく消え去ったかのように見えたウーブルさえ含め、二人の天意聖司達は傷一つない姿を私達の頭上に晒していた。

私にとっては分かりきった事だったが、クリスはいささか不意を衝かれた様子。

ふむん、それにしても高いところが好きな連中であるものよ。

「ふむ……これは素粒子まで分解しても再生しそうだな。肉体の破壊にはあまり意味がないか」

これまでの観察の結果、天意聖司の肩書きを与えられている者達には、肉体の破壊よりも精神に対する攻撃を重視するべきだな。

顎に左手を当てて考えていると、ドラッドノートが私に念話を繋いできた。

（ドラン様、敵性体三名はいずれも異星技術による生体強化兵士ないしは生体兵器と推察されます）

（そんなところか。前世では見慣れたものだが、魔法技術が主体ではないそれらの存在をこの星で目にするのは、技術水準的にまだ数百年先の事だろう。となれば、過去の文明の遺産か、外からもたらされたものになる。彼らの言う神からかもしれんが、私にとっての〝神〟と、彼らにとっての〝神〟の定義にはどうも齟齬《そご》がありそうだ）

（私がバストレルの手元にあった頃、天人達の技術に触れる機会が幾度もありましたが、天人の用いていた遺伝子改造技術とは発想の根本が異なる模様です。行き着く結果は似通っても、技術発達の過程と始まりに相違があるのは否めません）

（天人の遺産でもないとなると、リネットやキルリンネにガンデウス達とも関係のない技術由来か。ふむ、これはまた面倒な手合いが顔を出してきたかもしれんな）

天人と交戦経験のある龍吉は、既に天人は滅びたものとして扱っていたが、彼らと同時代の存在で、今も滅んではいなかった者がまだこの星に居たか。ある意味では天人よりも厄介な者達が。

まあ、まだ可能性の範疇なのだけれども。

（面倒なだけで、滅ぼすのには問題ないのでは？）

ドラッドノートの問いに、自嘲気味《じちょうぎみ》に答える。

（それはそうだが……まあ、滅ぼし方を選ばなければ、だよ。今の私は悪趣味な事に、自分の利益に繋がるような滅ぼし方を選んでいるからな）

（強者の特権というものでございましょう。ましてやドラン様は文字通り世界最強の存在でございますれば。それにしても、ドラン様はお気付きとは存じますが、先程からこの戦場を監視している者達が居るようで……）

（遠隔視と小型の機械による二重の監視……今の世界とは技術水準が随分と違うな。今更になってどうして動いたのか。その動機が気になる）

（はい。なんでもない動機ならば構いませんが。先程から私を重点的に監視している点が気掛かりでございます。我が主人やドラン様に比べれば知名度の低い私に、何故注目するのか……）

こうしてドラッドノートと念話しながらも、私達は万全の姿に再生したハークワイアらと交戦していた。

今は互いに大技は出さず、通常の斬撃や刺突《しとつ》、殴打《おうだ》の応酬が繰り広げられている。

「や、やや、ややや！」

クリスの右袈裟《みぎげさ》の一撃から続く二撃目を避けたハークワイアが、奇怪な声を上げた。

驚き、だろうか？

彼ばかりでなく私の竜爪剣に対し斧の乱舞《らんぶ》を演じるウーブル、隙を窺っていたバナキアも一斉に戦闘から意識を外し、弾かれたように距離を取る。

直後、ハークワイアが後ろ髪を引かれた様子で姿勢を正し、ピンと伸ばした指を揃えた右手をこめかみに当てる。敬礼か？

「天意聖司傾注《けいちゅう》！　聖法王陛下より、現作戦を中止し、小生、バナキア、ウーブルは即時帰還せよとの事であります！」

「なんとも一方的な話だなぁ。こちらは君達の息の根を止めるまで戦っても構わないのだがね？」

思わず素直な感想を漏らすと、ハークワイアが、血が噴き出しそうなほど血走った眼球を向けてきた。

しかし例によって、彼は怒るのではなく、本当に申し訳なさそうに頭を下げる。

なんだろうなあ、彼は私達に対して敵意や闘志はあるのだが、憎悪や怨恨の類は欠片《かけら》も抱いていない。

つまり自分達の感情よりも、聖法王の命令が何より優先される、と。こういう手合いはどうも好きにはなれん。

「平にご容赦を。では皆様、皆様、我らと家族になれぬ悲しき皆様、可哀そうな皆様、今日はここまで。今はここまで。これにておさらばにございます。最後にどうぞご観覧あれ、我ら天意聖司が三名以上集まった時に使用出来る超絶の奇跡！」

ハークワイアの言葉に合わせて、バナキアはわざとクリスの斬撃を浴びて、斬らせた右腕を自爆させて時を稼ぐ。

目も眩まんばかりの光の向こうから、ハークワイアの声が届く。

「我らが〝全知全能ならざる〟神の切なる願いを受けて、我ら信徒は神の一助とならん。見いぃよお、この世で最も安定した形、関係、すなわち三角形！　ゴッド・トライアングル・マースィー！」

ハークワイアとバナキア、ウーブルの立ち位置を直線で結ぶと綺麗な正三角形となる。

ふむ、三人に施された生体強化――いや、体内に仕込まれた人工器官の共鳴現象による出力の劇的な向上か。

彼らの間で発生した共鳴現象により、周囲に放たれる力は加速度的に増して、彼らの周囲が陽炎《かげろう》に包まれたように歪んだ。

「ドラッドノート、来るぞ！」

クリスが斬り掛かるが、それよりも一瞬早く、ぐちゃぐちゃに混ぜた絵の具のように歪む景色の向こうで三人の姿が消える。

「空間転移に伴って意図的に空間振動を発生させたか。人の住んでいる星の上では、あまり使うべきではない攻撃方法だぞ」

三人の姿が消えるのと同時に、私達に向けて空間の歪みが解き放たれ、衝撃波となって襲い掛かってくる。

私はクリスの傍に身を寄せて、足元に竜語魔法による魔法陣を展開した。衝撃波が魔法陣に阻まれる中、私はクリスに話し掛けた。

「ふむ、閉鎖空間はまだ解かれていないな。元の世界でこの衝撃波が放たれていたら、途方もない被害が出るところだったよ」

「そこまで見境がないわけではないのか。教化――家族にするとか言っていたが、真っ当な布教だと思うか、ドラン？」

「まさか。ここまで乱暴な方法で襲ってきた相手だよ。真っ当に教義を説いて地道に信仰を広めるような真似をする相手ではないさ。私の経験則から言うと、強制的に洗脳するのが定番だね」

「私もそういう手段を取ると思うよ。いつになったらベルンの統治に集中出来るようになるのやら……」

「まあまあ、一つ一つ、地道に解決していこうじゃないかね。私達の未来はまだまだ長いのだから、そう焦らずに」

「焦ってはいないよ。嘆くというほどではないが、呆れているのさ」

「ふむ、そう言われると、私も同じ気持ちだから何も言えなくなるな。まあ、とりあえずタワーへの視察は中止にする他ないね」

それを聞き、クリスは似合わない溜息を零す。

「流石に領主とその補佐官が暗殺されそうになってはなあ」

周囲ではようやく衝撃波が収まり、それに遅れて私達を閉じ込めていた閉鎖空間がゆっくりと解除されつつあった。

「さあ、その嘆き半分呆れ半分の気持ちは、ハークワイアの背後に居る聖法王とやらにぶつけよう。まずはベルンに戻ってからさ。我が主君殿」

私の励《はげ》ましで、ようやくクリスの表情が明るくなった。

「そうするか。うん、いつまでも落ち込んでいるのは私の性分《しょうぶん》ではない。面倒事は可能な限り早く解決するに限る」

「そうそう、そうこなくてはね」

私は自分の影の収納空間から馬車とホースゴーレムを取り出し、恋人であり、主君でもあるクリスへ笑い掛けた。

†

ハークワイアとドラン達の前から全力で逃走していた頃、戦場から遠く離れた南の地、ガロア魔法学院の女子寮の屋根の上に小柄《こがら》な影が一つ立っていた。

空に深く垂れ込める雲は、その影の心情を代弁しているかのようだ。

冷たい風に白い衣の裾をなびかせて、影の正体であるレニーアは、不服と言えばこれ以上ないという顔で北を見つめる。

邪神と呼ばれる存在達にすら唾棄《だき》される大邪神カラヴィスの愛娘たるこの少女は、その瞳に先程のドラン達の戦いの全てをつぶさに映していた。

「デミデッドぉお？　ディファクラシー聖法王国ぅぅう？　なあぁんだあ、そのどこの誰とも知れぬ、ぽっと出の屑共《くずども》はあ!?　身の程知らずにも限度があるわ！」

まるで絵本から飛び出した妖精のように愛らしい顔が――可愛らしいのは見た目だけと彼女の本性を知る者は言うが――悪鬼羅刹もたじろぐ凶気を帯びる。

彼女はバリバリと歯軋りを鳴らし、制御を誤れば無限に広がる怒気を、なけなしの理性で抑え込んでいた。

いつになっても魂の父たるドランに挑む身の程知らず共が絶えない事に、レニーアの内心では不愉快の炎が黒々と燃えている。

ドランが魔法学院を卒業して以来、彼と会う機会は目に見えて減っていた。

そんな彼がまた争いに巻き込まれようものならば、ますますもってレニーアが会いに行けなくなってしまう。

一応、表向きレニーアは魔法学院の生徒で、男爵家令嬢の〝人間〟なのだから。

今すぐ聖法王国の本拠地に乗り込むなり、ハークワイア達を追いかけて血祭りに上げるなりしたかったが、彼女はなんとかその衝動を堪えていた。

ドランが彼らの出現に大きく怒ってはいないのが分かっているのと、聖法王国なぞ敬愛する父の武功にしてしまえ、と理性が大声で叫んでいるからだ。

鎌首をもたげる蛇の如くざわざわと髪を揺らめかせて、逆立たせるレニーアが、不意にがばりと頭上を仰《あお》いだ。

分厚い雲に、古神竜と大邪神の愛娘は何を見たのか――

「デミデッドか。単に私が知らぬか私が生まれ変わるまでの間に生まれた神であるかもしれんが、このような手に打って出るとは……どうも生まれた時からの神らしくはない」

レニーアが空を見続ける間に、雲はいよいよ雨を懐に抱え込みきれなくなり、ざあっと音を立てる勢いで数えきれないほどの雨粒が降り注ぎはじめる。

アークレスト王国全土のみならず、周辺諸国を覆い尽くす規模の雨雲から投げ捨てられた雨粒は、しかし、王国の国土はもちろん、建物を濡らす事もなかった。

かねてより『アークウィッチ』メルルが王国の魔法使いと協力して、国土全域に張り巡らせた緊急事態用の国土防衛魔法が起動した為だ。

一定の高度に虹のように輝く光の壁が作り出され、雨粒が降り注ぐのを断固として許さなかった。国土防衛魔法が発動するほどの脅威がこの雨粒にあるなどと、多くの者は信じられまい。国土防衛魔法の起動に気付いた国内の魔法使い達も、一体何を防いでいるのかを把握出来ずに混乱しているはずである。

だが、レニーアは違った。彼女はあの雲が頭上に広がった瞬間から、非常に気に食わない仕掛けのある雨だと気付いていた。

それは彼女の視力が雲の中身を詳細に観測出来るほど規格外に良かったからという、なんとも単純な理由による。

「メルルと有象無象共《うぞうむぞうども》の魔法でも防げん事はないが、それもこのまま雨が降り続けたなら一ヵ月二ヵ月が限度、か。ふん、お父様達の帰還には間に合うが、このような雨の中でお迎えするとあっては、私の気が済まん」

レニーアはすっと目を細め、ダンスパートナーの手を持つように右手を静かに空へと向ける。

「不快なガラクタ共が！　潰れて、捻じれて、ひしゃげて、壊れるがいい！」

ぶん、と湿った大気を裂く勢いでレニーアの右手が横に振られるや、空に劇的な変化が起きた。

虹色の壁に防がれていた雨が突如として消え去り、そればかりか発生源であった雲が真っ二つに引き裂かれ、渦《うず》を巻き、千々《ちぢ》に千切れて姿を消していく。

アークレスト王国上空に限ってとはいえ、一人の少女が念力だけで降り注ぐ雨の全てを消し飛ばし、さらには上空に掛かる雲の全てを掻き消したなどと誰が信じようか。

不快な存在が消し飛んだのを視認し、レニーアはふん！　と鼻を鳴らし、念力で捕まえた雨の一粒を右の掌の上に載せる。

「魔力の気配はないか。はん、お父様を知らぬ若輩《じゃくはい》の邪神の所業かと思ったが、こういうものを使ってくるのなら、地上の生物が下手人の可能性の方が高そうだな。なんといったかな、コレは？」

レニーアの掌の上に載せられた目に映らぬほど小さなソレは、白いコインのような胴体から六本の細い足を生やしている。金属の表皮を持ったソレが無数の雨粒に宿り、これまで降り注ぎ続けていたのだ。鉱物を食べる生物が金属の表皮や甲羅を持つ例はあるが、レニーアが手中に収めたものは人造物にしか見えない。

「うーん、あれだ、ナノマシン！　そうだそうだ、ナノマシンとかいう微細なからくりだ。性能はピンキリだったが、こいつなら雨に紛れて皮膚《ひふ》から体内に浸透《しんとう》し、脳味噌《のうみそ》を弄《いじ》って洗脳するくらいは容易かろう」

レニーアは掌に載せたナノマシンを念力でさらに微細に砕き、再度空を見上げる。

そこには、雲の中に紛れていた四角い金属製の箱がかろうじて浮いていた。

この箱もまたレニーアの念力によってあらゆる方向に捻じれて、機能を停止している。この二階建ての家屋ほどもある箱が、ナノマシンの散布装置だった。

これは一つだけではなく、周辺地域にも多数展開されていた。アークレスト王国への散布装置は破壊したが、その他についてはレニーアの知った事ではない。

ドランを迎え入れるのに相応しくないと感じ、友人のイリナや今の両親にも害が及ぶ可能性があるからと、苛立ちを発散させるのも兼ねて破壊したにすぎない。

「ふーむ、あれの制御機能を奪い、この世の人間共の脳味噌を支配して、お父様を崇《あが》め奉《たてまつ》るように仕向けるのも良いが、それはお父様が最も嫌う類の所業であるからな。私がいらぬ誘惑に駆られないようにする為にも、聖法王国とやらは徹底的に叩き潰した方が良いかもしれん。しかし流石にそこまで大きな動きをするとなると、私の行動をお父様に勘付かれるしなあ……」

レニーアは腕を組んでうんうんと唸りはじめる。

もとより彼女にとってハークワイアも聖法王国も、彼らの崇める神も眼中にない。全ては魂の父たるドランの立場を向上させる為の生贄《いけにえ》か踏み台でしかないのだから。

第四章――――　聖都強襲

　ドランとクリスティーナの前から姿を消したハークワイアは、バナキアとウーブルと共に巨大な空中戦艦の中を進んでいた。

　暗黒の荒野の北東方面にまで進行していた聖法王国所属の空中戦艦で、ハークワイア達の母艦である。

　純白に彩られた艦体は前後に細長い穂先を思わせる流線形で、所々に黄金のラインが走っている。アークレスト王国などで運用されている飛行船とは比較にならない大きさだ。その艦尾には、上下に鳥類の翼を思わせる部品が悠々と伸びている。

　大国の宮殿の中と言われても疑いようがないほど豪奢《ごうしゃ》な艦内の廊下を進み、ハークワイア達は艦長室へと足を踏み入れた。

　たった一人でこの巨大艦の運用を担う艦長は、彼らの同僚でもあった。

「やあやあ、シークシータ！　小生らの帰還ですぞ！　腹が減りましたな。食事をお願いしたい！

それと揚げ芋はありますかな？　あれにたっぷりバターと塩や砂糖をまぶして食べるのが、小生の数少ない楽しみでありまして」

　横にスライドした扉を潜り、艦長室に入るや否やの第一声がこれである。こういう人物だとよく知ってはいたものの、これにはバナキアもウーブルも困ったように笑う。

　ハークワイアにおやつをねだられた艦長ことシークシータも、二人の同僚につられて小さく笑った。

　彼女もハークワイアらと同じ意匠の軍服に袖を通し、艶やかな黒髪を三つ編みにして、毛先に細い緑のリボンを巻いている。

　綺麗に切り揃えられた前髪の下からは柔和な黒い瞳が覗き、淡《あわ》い色の唇や目鼻の配置は、これまで生まれてきた人間の中でも特に素晴らしく整った例の一つだろう。

「お帰りなさい、ハークワイア、バナキア、ウーブル。三人が無事に帰ってきてくれて、とても嬉しいわ。ご飯はすぐに用意するから、このままここで待っていてね」

　艦長室は二十人ほどを収容しても余裕がある間取りで、床に固定されている艦長の机の前には、来客用の椅子が六つ、白いテーブルを挟んで置かれている。

　テーブルの上にはハークワイア達の為に茶器一式と焼き菓子の類が既に用意されていた。

「おお、流石は誇らしき我が同僚。気が利きますな。ははは、いかんせん、何度も殺されたもので、再生に随分と力を消耗してしまいました。ま！　我らの心が尽きぬ限り無限に力が湧く仕様ですので、消耗もへったくれもありはしませんが！」

声は大きく足音は小さく、けれどやはり態度は大きく、ハークワイアはシークシータの勧めに従って椅子に腰掛ける。そして手慣れた仕草で大きなティーポットから芳《かんば》しい薔薇の香りのお茶を三人分用意しはじめた。

バナキアとウーブルも自分とお茶を共にすると決めて掛かっているハークワイアの態度に、二人は異論を挟む事が無駄であるとよく理解していた。

諦めた気持ちで椅子に座る二人を横目に、シークシータが会話を続ける。

「ええ、私も拝見していましたよ。こちらの予測をはるかに超える強敵達でしたね。ハークワイアの第一撃から第三撃までで決着がつくと思ったら、ああでしたもの。ベルン男爵領のお二人はかつてない強敵だったわ。私が天意聖司の席を与って以来、最大の強敵に違いないわ」

その最大の強敵を話題にしているというのに、彼女が見せている感情は〝困った〟程度のものだ。

少なくともハークワイア達とドランの戦闘において見た限りの戦闘能力ならば、シークシータにとっては余裕を持って倒せる範疇にすぎないのだ。

もしレニーアがこれを知ったら、その愚かさを鼻で笑い飛ばしただろう。

「あら、シクタちゃんがそこまで言うなんて、とんでもない時期に天意聖司の席を与ったものだわねえ。あ、誤解しないでほしいのだけれど、別に不満はないのよ？　そんな大変な役目を果たすのがあてくし達で良かったと思っているのだから」

小指を立てながらティーカップに口をつけていたウーブルが、シークシータを愛称で呼びながら素直な感想を口にした。

「ええ、分かっていますよ、ウーブル。貴女はもちろん、これまで天意聖司の名誉ある称号を授けられた者達で、与えられた任務に真摯《しんし》に取り組まなかった方はいませんもの」

「ふふ、それなら良かったわあ。とはいえ、あてくし達の手落ちで大陸聖戦の第一段階にケチをつけてしまったのは、大いに反省しないといけない事だわ。聖法王陛下からどんなお叱りや罰が告げられたとしても、粛々《しゅくしゅく》と受け入れないとね」

「貴女達だったからこそ、あれほどの強敵を相手に生きて帰ってこられたのだと、聖法王陛下と偉大なる神はご理解くださいますよ」

するとハークワイアが色とりどりのクッキーを口いっぱいに頬張《ほおば》ったまま、二人の会話に割って入る。

「いやはや、まったくもってシークシータの言われる通りかと！　聖法王陛下からのお言葉の通りに従い、しかる後に我らにまだ天意聖司の席が許されていたならば——いや、そうでなくとも、神と我らの家族の為に身を粉にするのが心意気というものでありましょうや」

ハークワイアが言っているのは間違っていないのだが、お行儀が悪いのでシークシータも困り顔だ。

ここで、上品な仕草で睡蓮《すいれん》の形をした砂糖菓子を齧っていたバナキアが、生真面目な表情のまま、次に確認すべき事を口にする。

「それで同胞たるシークシータよ、肝心要の奇跡の方はどうなったのだ？　我らの家族は増えたか？　我らと同じく神を信奉する信徒は如何《いか》ほど増えたか？」

それはハークワイアとウーブルにとっても気掛かりな事だった。

敵対勢力の突出した個人戦力の撃破も重要な任務だが、それ以上に神の威光と願いが世界に広まる方がはるかに大切なのだ。

これまで多くの異郷の地で異なる神の教えや精霊などを崇めていた人々を導き、家族としてきた奇跡。それこそ、レニーアが察知して消し飛ばした、ナノマシンを含有する雨による支配に他ならない。

神の教えの尊さを説く必要はない。神の教えの正しさを説く必要はない。神の教えの素晴らしさを説く必要はない。ひとたび雨に濡れてしまえば、もうそれでおしまいなのだ。

この艦長室に集った四人のうち、何人かもそうだったのかもしれない。

あるいは四人全員が、以前はデミデッドとは異なる何かを信じて祈りを捧げていた可能性だってある。

「残念だけれど、神の奇跡が及んだのは、想定よりもはるかに小さな範囲だったわ。アークレスト王国では、おそらくアークウィッチが施していたと推測される、国土全土を覆う規模の結界の類で弾かれてしまったの」

「アークウィッチ・メルル、か。事前の調査では彼女の魂は霊的進化の兆しを見せていた。戦場で相まみえる時には、人間より進んだ存在になっているかもしれんな」

バナキアの意見に大袈裟に頷き、ハークワイアが同意を示す。

「フーム！　小生も以前からあの御仁《ごじん》は強敵だと確信しておりますよ！　まあ、だからと言って、男爵領の戦士達が温い敵というわけではないと、たった今体験してきたばかりですが」

「ハークの言う通りねえ。ベルンの戦士達を相手にするのなら天意聖司全百名を一気に投入する方が良いかもしれないわぁ。やりすぎかもって思うけれど、それくらいしないといけなさそうだし、ねえ？」

「ウーブルの意見も分からなくはありません。聖法王陛下が危惧されていた可能性の一つが、ベルン男爵の手の内にありましたから」

「バストレルの使っていた遺産の兵器は、ベルンの綺麗な男爵様が持っていたものねえ」

「大魔導バストレルの持っていた天人最強の兵器の所在が判明した今ぁ、戦力を集中させるべき時ですな！」

大口を開いて笑みを浮かべるハークワイアを窘めながら、シークシータが言葉を繋ぐ。

「ええ、神の教えを広めるのを邪魔する可能性が高い天人の決戦兵器の所在が確認出来た以上、行動しない理由はないでしょう。ベルン男爵の手にあるドラゴンスレイヤーを破壊し、彼女達一味を討ち取る。その後に我らの神の教えを広めるべく布教に全力を尽くすの。まずはベルン、そしてアークレスト王国、最終的にはこの星の全ての生命が私達の家族となるわ」

†

私とクリスがカラヴィスタワーの視察を中止して戻ってきた理由が知れ渡ると、ベルンの屋敷はにわかに騒がしくなった。

クリスの暗殺騒ぎなど、彼女が男爵に就任してから初めての大事件だから、当然の反応である。

その後に王国全土に降り注いだ雨に関しては、ガロアのレニーアが手を打ったようだ。流石は我が娘である。

浴びた者を洗脳する雨も大問題の代物《しろもの》だが、アークレスト王国に限っては解決済みであるし、聖法王国を片付ければ同時に解決するだろう。

例によって、屋敷の一画に集まったのは、私の本当の素性を知っているベルン首脳陣である。なお、ガンデウスとキルリンネはメイド長の下で練習中だ。

「まーた新しい敵？　それともリネットが接触した正体不明の連中の同類かしらねえ」

心底うんざりした調子で告げたディアドラに、傍らでとぐろを巻いているセリナが何度も首を縦に振って同意を示す。

「まあ、向こうから大きく動いてくれたお蔭で、こちらもやってやろうという気になったのだ。戦う以外に解決方法があるか分からんが、負けはしないさ」

私がつとめて明るく告げるのに、ディアドラは溜息を零して自らの考えを口にした。

「ドランが居るのだから負けるはずはないでしょうけれど、戦争にでもなったら色々大変よ？　領民に死者が一人でも出たら負けくらいの線引きよね、私達の場合」

ディアドラの口にした条件に異論のある者はこの場に誰もおらず、クリスがうむむ、と唸りながらドラミナに意見を求めた。

「よそからしたら正気を疑われる線引きだな。普通はとてつもなく難しい条件だが、ドラミナさん、どうだろうか？」

腕を組み、自分達の基準について悩んでいる様子のクリスは、同じ領主経験者のドラミナに意見を求めた。

「もちろん、とてつもなく難しい線引きですよ。私もドランを知らなければ不可能と言わざるを得ません。それはそれとして、領内でいささか動きがありました。こちらはリネットさんから報告を」

ドラミナに促されて、リネットが口を開く。

「はい。ではリネットからご報告申し上げます。アークレスト王国並びに周辺諸国に降雨が確認されたました。その際、結界で雨が防がれた瞬間、そして雨が止んだ直後に不自然な行動をとった者達を確認いたしました。現在、監視中ですが、後者二つの現象が発生した際には、特にはっきりと狼狽《ろうばい》する様子が見られたとリネットは報告いたします」

メイド服姿のリネットは、自分の仕事の成果をきっちりと報告し終えて一礼した。

クリスは口元に手を当てて考える仕草のまま、私に尋ねる。

「あのハークワイアら聖法王国と繋がりのある者達と考えるとして、拘束するか？　それとも、監視を継続して他の者と連絡を取るのを待つか？　例の雨に対してメルル様の結界が発動した事で、王宮も相当慌ただしくなっているはずだ。私は少しでも多く、少しでも早く連中の情報を伝えるべきだと思う」

「最初の問いだが、入り込んでいる者達については監視を継続でお願いしたい。それに、王宮への報告は今から行ってもいいだろう。だが、向こうもすぐには動けまいよ。あまりに情報が少なすぎるのと、ロマルや高羅斗、轟国、さらにはその他の諸国ではまだ〝雨が降り続いている〟からね」

「人体に侵入して洗脳する機械が混入している雨という話だったな。どの国も重要な都市や軍事基地に関しては対策を講じているだろうが、国土全域を守れている国は多くはないはずだ。下手をすれば、聖法王国の支配下に落ちた国が、洗脳を防いだアークレストに殺到する可能性があるか」

「普通、軍を動かすのには時間が掛かるが、一方的な洗脳で民から貴族、王族まで意思統一されていたら、常識外の早さで動いてもおかしくない。少なくとも、ロマルと高羅斗の状況は確認しておかないと、国防体制を正確に敷くのも難しいだろうね」

「思った以上に厄介な事態に追い込まれているな。……どうしてアークレスト王国だけは雨が止んでいるんだ？　メルル様か、それともドランが手を回したのか？」

クリスの疑問には私が答えた。

「それはレニーアの仕業だな。結界はメルルのものだが、レニーアが鬱陶しいとでも思ったのか、雨を降らせていた装置を破壊したのさ。代わりが用意されるまでは、王国に雨が再び降りだす事はないだろう」

「レニーアか。忌々《いまいま》しそうに空を見上げている姿が思い浮かぶな」

苦笑するクリスに、私を含む全員が同意した。

あの子の性格ならそのまま聖法王国の本拠地に乗り込んでもおかしくはないが、一方で、私に手柄を立てさせようとする傾向もある。

ともすれば今回も、私とベルン男爵領が矢面《やおもて》に立つ事で聖法王国相手の戦争で武勲を挙げ、王国内での立場を高めるのを願っていても不自然ではない。

うーん、これも親孝行と言えるのだろうか？

実際問題、レニーアを除けば今回の事態に対処出来そうな人材は、我がベルンの面子《メンツ》くらいしか居ない。

メルルでも天意聖司が複数相手となると厳しそうだ。

「じゃあ、王宮へこの雨が聖法王国の仕業だっていう連絡を入れないとですね。私達は向こうが送るって言ってきた使者が来るのを待ってから、行動を開始でしょうか。ね、ドランさん。……ドランさん？」

通常であれば、私は今のセリナの提案に同意するが、今回ばかりは首を縦に振らなかった。

「いや、今回は待つよりも打って出る方が、犠牲《ぎせい》を出さずに済む」

私の言葉に誰もが目を見開く。

驚きの度合いは大小あれども、私が攻勢に出る提案をするとは誰も思っていなかったのが分かる。

「これまで私達は実に多くの敵と戦ってきた。様々な種族に、邪神の眷属、古代文明の遺産と、これでもかというくらい多様な敵と。その全てに勝利してきたから、こうして皆と居られるわけだが、今回の聖法王国に関しては国家としての体裁を意識して待ちの態勢を取るのは悪手と考える」

「珍しい事もあるものね、ドラン。貴方ならどんな敵が相手でも問題はないでしょうに。貴方がこの世界の命としてなるべく力を抑えているから、戦いの体裁が整うのでしょ？　今回の聖法王国は、そんな貴方がこれまでと態度を変えなければいけない相手なの？」

ディアドラが不思議そうに私の顔を覗き込んだ。

「ふむ、ハークワイアをはじめ、直接戦った連中の実力だけで判断するなら、わざわざ打って出るほどの事はない。だが、戦っていた時の様子から察するに、連中はドラッドノートを重視している。かつて私の心臓を貫き、その後は天人文明最強の兵器として運用されたドラッドノートをだ。そう考えると、敵の背後で糸を引いていそうなのは、バストレル同様に天人文明の遺産か、生き残った天人そのもの。あるいは、天人と敵対しドラッドノートを振るわれた側である別の星からの侵略者達」

「どちらにせよ、貴方の敵ではなさそうだけれど。王国とは色んな意味で隔絶しているから、国家間で戦争をするのはとても危険だって結論付けたの？」

「そうだよ、ディアドラ。天人にせよ、星人にせよ、ドラッドノートを十全に扱えるクリスの存在を知った上で戦いを挑んでくるのなら、その質は推して知るべしだ。ドラッドノートを無効化する術《すべ》があるのか、それともドラッドノートを上回る秘密兵器があると用心するべきだ」

ドラッドノートの出鱈目な性能を知っているディアドラやセリナ達は、揃ってクリスの執務机の上に置かれた剣を見る。その力を無制限に解放すれば、比喩《ひゆ》ではなく宇宙を破壊出来る超絶兵器がこのドラッドノートなのだ。

「うう、ドランさんの想像通りだとしたら、確かに向こうに戦いの主導権を握られるのは怖いですね。それに、国家単位で対応するとなると、確かに相手になりそうにないです……」

そう言って、セリナは不安げな視線をこちらに向けた。

「雨の効果を考慮すれば、話し合う余地のない相手だとも分かるが、その間に洗脳の終わった他の国から攻め込まれては洒落にもならない。だから、今回は私達が王宮の指示を待たずに動くべきだと思うわけだよ。私の勘もそう囁いている」

「うわあ、ドランさんの勘、つまり古神竜の勘ですか。理屈を並べるよりも、そちらの方がよっぽど説得力がありますねえ」

本気で顔をしかめるセリナを横目《よこめ》に、私は話を続けた。

私自身、自分が何を警戒しているのか理解しきれていないが、事を進めるのを躊躇《ためら》う理由にはならないのだ。

クリスと私で対処方針を決めた後、襲撃してきた聖法王国や周辺国に降る不自然な雨に関する情報をガロア総督府経由で王宮へ上げた。

そして未知の神を奉ずる聖法王国と戦うべく、私、クリス、セリナ、ディアドラ、ドラミナの五名で北を目指す。

私の分身体、リネット、ガンデウス、キルリンネはベルンに残していく。

騎士団長のバランさんをはじめ、主だった家臣達にもクリス直々に北方の偵察に向かう旨を伝えた。

出立する時、北門でメイド姿のリネット、ガンデウス、キルリンネが見送ってくれた。

「マスタードラン、ディアドラ、セリナ、ドラミナ、クリスティーナ、どうかご武運を。リネットとガンデウスとキルリンネは皆様の無事を祈りながらベルンで待ちます」

深々と腰を折るリネット達三姉妹と抱擁《ほうよう》を交わしてから、私達はベルンを出立した。

一旦、人の目のない荒野まで徒歩で進み、そこからは私が白竜へと変身し、四人を手の上に乗せて聖法王国の本拠地を目指して飛んでいく。

これまでは敵本拠地に招かれてから大暴れした経験が多かったので、こちらから殴り込みを仕掛けるのは比較的珍しい。

白竜となった私の手に皆が乗るのを待ってから、ふわりと浮かび上がり、ぐんぐんと高度を上げていく。

風除けと寒さ除けの結界を展開し、ゆるりと翼を一打ち。

「ところでドランさん、伺いたい事があるのですけれど！」

「なんだね、セリナ」

白竜化した影響で随分とまあ小さく見える蛇娘に問うと、彼女は至極もっともな質問をしてきた。

「どこに向かえばいいか、分かっていらっしゃるんですかー？」

「私とクリスを襲ってきた連中の魂に、追跡用の念を貼り付けておいた。まずはそいつらを相手に戦い、情報収集を行なってから本拠地へ乗り込む予定だよ。今ある情報からだと、聖法王と侵攻しているデミデッドなる神を叩けば終わりだと推測は出来るけれど、情報は多いに越した事はない」

「なるほど～。となると、上手く敵さんを見つけられたとしても、すぐには倒さずに、ある程度は情報収集してからボコボコにすると？」

「ふふ、乱暴な言い方だが、そうする予定だよ。連中も私達の動向を仔細《しさい》に観察しているはずだ。近づいてくるのが分かれば、否応《いやおう》なく動き出すに決まっている。場合によっては空中戦になる。全員、その心構えでいてくれ」

「飛びながらの戦いですか、あんまり経験がないですねえ。そう言えば」

不安を滲ませるセリナの肩を、ディアドラが抱く。

「私とセリナはそうね。ドラミナは慣れてそうだけれど、クリスは……この前、レニーアを相手に戦っていたから、もう慣れているのかしら」

「コツは掴んだよ。私と違ってディアドラ達はドランの力を引き出せば竜種っぽくなって、空を飛べるようになるのだし、特に練習しなくても感覚で空を飛べるんじゃないか？」

「そうだと良いのですけれど。でもあんまり練習していないからって、それが許される戦いでもないでしょうし、精一杯頑張ります。ね、ディアドラさん」

「ま、手を抜く理由にはしないわよ」

手の上で交わされるセリナ達の会話に耳を傾けながら、私は彼女らが落ち着く頃合いに会敵するよう速度を調整しながら、ハークワイアの居所を目指して飛び続けた。

†

「はんははん、あはんはん～」

ハークワイアは空中戦艦内部にあてがわれた部屋でシャワーを浴び、ドラン達との戦闘で散々に痛めつけられた体を労っている最中だった。

今頃はバナキアとウーブルもそれぞれの方法で疲れを癒やしているだろう。

肉体をほとんど一から再構築しなければならないほどの怪我など、彼が記憶する限り、初めての経験だった。

（陛下が警戒しておられたドラゴンスレイヤーもさる事ながら、ベルン男爵殿もドラン補佐官殿も凄《すさ》まじい使い手でありました！　これは惑星統一という大偉業の一歩目からして、小生を含む天意聖司の犠牲もやむを得ませんな。なに、これも試練なれば！）

ハークワイアはシャワーを止め、タオルでガシガシと髪を拭い、洗濯の済んだ軍服へと袖を通す。

ふんふん、と上機嫌に鼻歌を歌い、清潔《せいけつ》だが無機質な素材の白いテーブルの上に置かれた皿に手を伸ばす。

皿には彼の大好物の揚げ芋が山盛りだった。たっぷりのバター、それに塩と砂糖が振り掛けてある。

「わざわざ揚げたてを用意してくださるとは、シークシータには感謝しないといけませんな！」

早速一つ、とハークワイアが手を伸ばしたその時、艦内に緊急事態を知らせる警報がけたたましく鳴り響き、ハークワイアは好物を手に取った姿勢で固まる。

彼の目の前にはシークシータの操作によって、接近中の白竜とその手の上に乗るクリスティーナ達の姿が立体映像で映し出されていた。

「これはこれは！　なんともはや、間の悪い方々！　しかしこちらの位置を把握しているかのような迷いのなさ。こぉれは、小生かバナキアかウーブルに、なんぞ仕込まれてしまいましたかな？　シークシータに調べてもらった時には異常なしでしたが、この一事だけでも、やはりあの方々は並みでないと分かりますな！　では腹ごしらえをしてから、小生も行きますか！」

手に取った揚げ芋をもしゃりと口いっぱいに頬張って、ハークワイアは恐るべき敵を迎え撃つべく艦橋のシークシータへと通信を繋げた。

†

「うひゃあ、なんだか一杯出てきましたね！　亜空間に隠れていたみたい！」

進行方向上に前触《まえぶ》れもなく姿を見せた巨大な空中戦艦の艦隊を見て、ドランの手の上のセリナは、正直な感想を口にした。

これまでドランと行動を共にして他にはない経験をしてきた彼女だったが、これだけの規模の艦隊と相対するのは初めてだ。

シークシータが聖法王より授けられた旗艦ゼガランドを中心に、シークシータによって制御される百隻あまりの艦隊。さらに、そこから発艦した成体の竜種に匹敵する巨大な艦載機が亜空間から出現し、ドラン達を迎え撃ちにきたのだ。

「ふむ、過去の経験からして、あの一番奥の最も大きな艦が旗艦と見るが、ドラッドノート、君の中にあれらの情報はあるかね。おっと」

敵艦隊から発艦した巨大化した鏃《やじり》のような艦載機から放たれた光線を、ドランは見てからひらひらと左右に動いて避けた。

ドラッドノートからの返答はすぐさまあった。音声ではなく念話によるものだ。

(該当情報あり。勢力名『デウスギア』。天人の文明最盛期に他天体からやって来た侵略者です。天人文明が交戦した全敵勢力の中で最も強大な敵で、私とバストレルが敵主力並びに本拠地のある銀河を破壊して、撃退した相手です)

「ほう、それはまた徹底的にやったな。そこまでしても倒しきれなかった残党が、向こうの黒幕か」

(その可能性が高いかと。私の性能を理解している相手となります)

「ふむ、君への対策は万全と想定するべきか」

(はい。また、敵艦載機はスターバンパイア。デウスギアが有人惑星の大気圏内での運用を前提に開発した戦闘機です。敵艦隊はティンダロン級駆逐艦、ハイダゴン級巡洋艦、アクヘー級空母、旗艦と推定されるのがオウガオー級戦艦です。どれも本来なら宇宙空間での運用が前提の艦艇ですね。

情報収集が目的であるのならば、旗艦に乗り込んで情報の吸い出しをされるのが良いと具申いたします）

「君なら出来るのだね？」

（問題なく）

「ではそれでいこう。この私はこのまま敵艦隊と戦闘に入る。分身体を出すから、〝そちらの私〟とセリナ達とで敵旗艦に突入して内部を制圧。ドラッドノートによる情報の吸い出しを目的として行動するとしよう。まずは君達をあそこまで運ぶところからだ。しっかり掴まっていてくれ」

白竜のドランは改めてこの場における戦闘の目標を全員と共有し、鬱陶しく周囲に群がってくる敵機と艦隊へと向けて、魔力を変換した光線を豪雨の如く放った。まずは挨拶の一発程度の感覚である。

無数の白い光線が、聖法王国側の艦載機と艦隊へと一斉に放たれる。

総数一千に及ぶ光線は聖法王国の艦隊に次々と突き刺さるかに見えたが、それらは命中直前に各艦の表面を覆う半透明の防御用の力場によって阻まれた。実際に艦を貫いたものは皆無だ。

「おっと威力を小さくしすぎたか。中途半端に撃墜《げきつい》して落下させてしまったら、地上への被害が大きくなるし、さてどの程度まで壊したものか」

ドランがそう呟いた時、デウスギア側の各艦から局所的な重力異常を発生させる特殊な誘導飛《ゆうどうひ》

翔体《しょうたい》が次々と放たれた。

ドランは口から無数の光弾を放ってこれらを撃ち落とすと、双方の中間地点に無数の黒い球体が生み出される。

一つ一つの球体が超重力の嵐によって対象を粉砕する極めて凶悪な代物だ。

ドランを迎え撃つデウスギア艦隊と艦載機達との攻防は、一瞬にして自然にはあらざる光景を作り出し、無数の爆発の光と煙《けむり》を空に広げていく。

「さて道を開くぞ！」

ドランの一声で空中に投影された巨大な魔法陣が紫色に明滅するのに合わせ、異次元から抽出された力が禍々しく、しかし神々しい強烈な光を放ちはじめる。

中央に一つとその周囲を九つの魔法陣が囲う形でより大きな一つの魔法陣を構成しており、それぞれの魔法陣から蓮《はす》の花を思わせる不思議な蕾《つぼみ》が生え、それが見る間に花開く。

「巡れ　巡りて廻《まわ》れ　終焉《しゅうえん》の導き手　その指先の触れるままに生と死は輪転せよ　創造より破壊の運命を辿れ　創破天光輪《そうはてんこうりん》！」

ドランが魔法を唱えると共に魔法陣から咲いた十の蓮の花より渦巻く紫色の光の砲弾が一斉に放たれる。

触れるものがあれば有機物であろうと無機物であろうと、それこそ霊体であろうと、何かに〝創造された存在〟を〝破壊された状態〟へと強制的に変換させる概念を改竄《かいざん》する魔法だ。

一種の即死魔法とも言えるだろう。

装甲と防御力場の強度を無視して命中した敵機を破壊していく光弾は、見る間に戦果を挙げて、敵機の爆発の数を大いに増やした。

しかしドランの顔色は明るくない。

敵艦隊を狙って放った概念改竄の光弾が、艦隊側の放った誘導飛翔体によって命中する前に撃ち落とされて、大物食いが叶わなかったのである。

「対処が早いな。手札の数が多いとかえって迷う場合もあるが、判断に迷いがない。人工的に作り出された知性か、それとも天意聖司の誰かが操っているのか。いずれにせよ、簡単にはやらせてくれそうにないな。……む？」

思わずといった調子で呟くドランの視線の先では、シークシータが制御する敵旗艦の艦首が獣の口のように大きく開かれていた。

射線上から敵艦載機が一斉に離れ、艦首の奥から空間を歪めるほどの重力が解放される。

ドランもこの動きに迅速《じんそく》に対応しており、敵重力砲の射線上に竜の体を覆うほど巨大な半透明の膜を形成する。

視覚的には黒い光の奔流《ほんりゅう》として映る敵重力砲は、ドランの前方に形成された膜に激突し、束ねられていた重力が無数の糸のように解れて周囲で乱れ狂う。

一方、天意聖司のシークシータは、旗艦ゼガランドの艦橋にただ一人で居た。

既にハークワイアやウーブルらは白兵戦に備えて所定の待機所に就き、艦隊戦には関与していない。

彼女は艦長席に腰掛けて、半円状の艦橋の壁一面に映し出されるドランの映像を、忌々しげに、そのくせどこか眩しそうに見る。

ベルン男爵領と協力関係にあるモレス山脈の竜種かと思われるが、それにしてもあまりにも強大すぎる。地上の竜種を統《す》べる三竜帝三龍皇か、それに準ずる個体かとシークシータは疑っている。

「我々のように神の祝福を受けずに、自力でここまでの力を得るなんて、凄いわ。あの竜も我らの神の御許《みもと》に来てくださったなら、どれだけの力となるでしょう。ぜひとも私達の家族になってほしいわ」

その為には一度徹底的に叩きのめさないといけないでしょう——と、シークシータがたおやかな笑みを浮かべながら物騒な言葉を口にする。

彼女の思考がゼガランドから全ての艦へと素早く通達されて、それぞれの艦の砲の照準がドランへと向けられる。

「スターバンパイアはそのまま、全艦照準揃え」

ゼガランド以下駆逐艦や戦艦、各艦の照準が揃った合図が、直接シークシータの思考へと伝えられる。彼女は躊躇《ちゅうちょ》なく各艦に発射を命じた。

一本一本が山一つを吹き飛ばし、湖一つを干上《ひあ》がらせる力を持った無数の光の糸が、ドラン目掛けて殺到する。

鋭敏なドランの知覚能力は、デウスギア艦隊の狙いが自分自身に向けられた事を察知したが、彼の顔にはなんの気負いも緊張もない。

「そう来るか」

既に創破天光輪の魔法陣は消えていたが、彼の周囲に新たに七つの白い魔法陣が描き出され、それぞれの中心に赤い小さな火種が生じる。

ドランを囲む魔法陣の火種は巨大化して、さながら太陽の如く輝いて燃え盛る――いや、それは紛れもなく太陽だった。

今もはるかな遠方からこの星を照らしている太陽と、大きさ以外に遜色《そんしょく》のない熱量を内包した、極小の疑似太陽である。

デウスギア艦隊の集中砲火が殺到するよりも早く、ドランは疑似太陽を作り出した魔法の名をまず心で呟き、それから言葉で表した。

「ディ・サニティ・サンズ！　燃やせ」

七つの極小太陽から放たれる太陽風と噴き出す太陽フレアが、周囲の環境を焼き尽くしながら、ドランの視界全てを埋め尽くす艦隊の砲撃と真正面から激突する。

シークシータは七つの極小太陽を創造したドランの力に驚愕を隠せなかった。

集中砲火をものともせず徐々に加速しながらゼガランドを目掛けて進む太陽達に対し、彼女は即座に砲撃を中止して別の行動をとる。

「ディメンションイーターを緊急稼働。出力を全てそちらに回せ！　目標、前方の極小恒星群！」

艦隊の中でもゼガランドのみに搭載された、空間を丸ごと抉《えぐ》り取り、ゼロ次元へと強制的に転移させる兵器が、シークシータの命令によって最優先事項として処理されて稼働。ゼガランドの動力機関が唸りを上げ、空間を抉る為の力を絞り出す。

退避の間に合わなかったスターバンパイア達が、至近距離で発生した七つの太陽の影響を受け、装甲表面を融解《ゆうかい》させて爆散していく。

そこにゼガランドから放たれた七つの漆黒の球体が飛来し、ほぼ同じ大きさの小さな太陽達と食らい合いを始めた。

生物の存在を許さぬほどの超高熱の太陽を、痕跡一つ残さず吸い尽くそうと、漆黒の球体が膨《ぼう》張《ちょう》する。

さしもの太陽も、ここではないどこかへと送り込まれては燃える事も叶わず、徐々にその輝きと熱を失い、それに合わせて漆黒の球体もまた縮小しはじめる。

しかし――このまま太陽達が消滅すると思われたその時に、ドランは動いていた。

「弾けろ」

短い一言を合図に、呑み込まれるばかりだった太陽達が、残っていた全ての炎と熱を一斉に解放して、辺り一帯を赤一色に染め上げる。

膨大な熱量と爆風が全方位へ無作為に暴れ狂うが、それらを漆黒の球体が慌てたように吸い込む事で周囲への被害は免れた。

ただ、この爆発はドランにとっては本命ではなく、一瞬でも敵の注意を逸らせればそれで良かった。

敵艦隊が発する電波をはじめとした無数の探知行動が、太陽の爆発によって放射された大量のガンマ線などによって停滞し、ドランに魔法詠唱の僅かな時間をもたらしたのだ。

「アゲイル・アプリポス!」

ドランの前方に百もの光弾が生まれ、そこからゼガランドの主砲を上回る黄金の光線が放たれ、いまだ残る太陽の爆炎を貫いてデウスギアの艦に次々と突き刺さる。

駆逐艦は防御力場ごと艦体をぶち抜かれて呆気《あっけ》なく轟沈《ごうちん》し、巡洋艦や空母などはかろうじて高度を維持していたものの、艦体に大きな損傷を受けた。

戦艦やゼガランドなども艦体に直撃を受けたが、大きな損傷へは至らず、小破といったところか。

しかし、それでドランの目的は充分に果たされた。

全てのデウスギア艦が損傷を受け、敵艦載機も超新星爆発や先程の多数の砲撃の余波を受けて数を大きく減らしている。

明らかに艦隊の行動に支障が生じていた。

「行くか」

ドランは背の翼を大きく開き、一度だけ羽ばたいて加速。弾丸と化した古神竜の生まれ変わりは、一直線に敵旗艦を狙う。

攻撃の余波で観測機器の大部分に障害が発生していたシークシータがこの動きを把握した時には、既に回避が間に合わない距離にまで接近されていた。

「各員、衝撃に備えて。敵と衝突します。敵部隊と艦内での戦闘になります。我らが神デミデッドの名において、各員奮起せよ‼」

直後、天地が崩壊したような衝撃がゼガランドを襲った。

ゼガランドは自らよりもはるかに小さなドランの衝突を受けて、艦首から中央部分までを大きく抉られた。

ゼガランドが浮力を保っているのは、動力がまだ生きているのと、重力操作系統の機器が停止していないからだ。もしどちらかでも機能を失って地上に落下したなら、目を覆わずにはいられない大惨事《だいさんじ》となるだろう。

白竜のドランはゼガランドの装甲を潰し、力業《ちからわざ》で叩き切った隙間から内部へと入り込む。

通路は人間が横に五人は並んで歩けるほどの幅で、天井までの高さは人間としてのドランの背丈の二倍はある。うっすらと緑がかった白い構造材を、壁と天井に一定の間隔で埋め込まれた照明が照らしている。

人間体のドラン、セリナ、ディアドラ、ドラミナ、クリスティーナが内部に侵入したのに合わせて、白竜のドランはゼガランドから離れて周囲の残敵の掃討《そうとう》へと移った。

離れていく自分を見送ってから、人間体の方のドランは侵入した艦の内部を見回して呟く。

「ふむん、天人の遺跡とは少し雰囲気が違うな。それに、内部の空気は事前に毒を散布するでもなく呼吸可能で、他に罠らしきものもなし」

ドランを補足するようにドラッドノートがこう伝えてきた。

(我々が乗り込んだこの戦艦は、ゼガランドという名前のようです。恒星間戦争用の戦艦ですが、新造されたものではなく、かつての宇宙戦争時の遺物ですね。よくもここまで完璧な状態で保存していたものだと感心します)

「ふむ、その情報だけでは、デウスギア側に大規模な工廠《こうしょう》は残っておらず、遺物を利用していると断定するのは早計か」

（肯定いたします。何より、我らはここに情報を得に来ているのですから、まずはその情報を得てから判断すべきですね）

「繰り返しになるが、デウスギア本体の所在、彼らが今になって行動を起こした理由、ドラッドノートを相手に勝てると決断した対抗策。全て私達で対処出来る範疇なら問題はない。さて、蓋《ふた》を開けた時に何が出てくるやら」

この時、ドランの横顔にいつもはない緊張か、はたまた警戒の色がかすかに滲んでいた事に誰も気付かなかった。

†

ドランの攻撃を受けたゼガランドの艦橋では、危険な状態である事を伝える警告画面に囲まれたシークシータが、思案の表情で立体画像を見ていた。

その中のいくつかの画面は黒く染まって、何も映っていない。

全体的に艦の機能に障害が生じているが、特にドランの攻撃を受けた区画の監視機能に不具合が集中している。

これはドラッドノートによる電子および魔法的な手段での妨害工作だ。

現在の状況から導き出した結論を、シークシータは確認の意味を含めて口にする。

「――つまり、そこからこちらに侵入するという事よね？　ハークワイア達が現場に到着するまで、どうにかして時間稼ぎをしないと。最悪の場合にはゼガランドを自沈させるのも視野に入れるべきかしら。とにかく、聖法王陛下に戦闘記録を余さずお伝えしないといけないわね」

それは天意聖司第一席たるシークシータが、この戦闘においては負ける可能性が高いと認めた事を暗に示していた。

「わざわざこちらに乗り込んできたのですから、狙いはこのゼガランドの拿捕《だほ》――いいえ、情報の吸い出しかしら。彼らの実力を考えると、聖都の所在を把握していてもおかしくはないけれど、聖法王陛下の御座《ござ》の位置を求めているか、より詳細な私達の情報を求めているのかもしれないわね」

†

侵入口から艦内をある程度進んだドラン達だったが、やがてゼガランド艦内に配備されていた防衛兵器が通路の向こうや廊下の扉から姿を見せはじめた。

ドラン達を盛大に歓迎しようという魂胆《こんたん》らしい。

ドランから力の供給を受け、既に半竜形態になっているセリナが身構える。

緊張や恐怖の色が欠片も美貌に浮かんでいないのは、これまでの経験が培《つちか》った胆力の賜物だろう。

彼女は、自分達の進路を阻む物体の奇妙な姿を見て、眉をひそめる。

「うーん、足の長い金属の亀？　足の生えた筒？」

セリナの感想はそう的外れなものではなかった。白い金属で出来たそれらは、円筒の胴体から四本の足を伸ばしており、全高はドランより頭二つ分は大きい。筒の部分に青く発光するレンズが四つ埋め込まれている。

答えたのは、例によってドラッドノートだ。彼女／彼の内部には天人文明の研究者達なら喉《のど》から手が出るほどに欲するであろう情報がぎっしりと詰め込まれている。

（デウスギアのガードボットです。光学兵器と超振動ブレードで武装しています。防御力場の類は装備していませんが、たとえ装備していても皆さんの実力なら何も問題はありません）

「なるほど。ではさくさくと片付けようか」

言うが早いか、ドランは一歩踏み出した。

ガードボット側は四つのレンズから焦点温度三万度を超える糸のような光線を連射し、見る間に距離を詰めるドラン達を撃ち落とさんとする。

しかし、ガードボット達が放った無数の光線は、ドランの前方に展開された魔力の障壁に当たると散り散りに砕け、彼らの接近を阻むには到らなかった。

そこからはもう一方的な蹂躙劇《じゅうりんげき》だ。会敵から一分と少々、ドラン達はガードボット三十六機を全て破壊し尽くした。

ドラッドノートが残骸《ざんがい》から情報の吸い出しを終えたのを確認して、クリスティーナがドラン達を振り返る。

「目ぼしい情報はなかったけれど、中枢部《ちゅうすうぶ》のおおよその位置はこちらの予測と変わりない。当然、デウスギア側も防衛戦力を配置しているはずだが、このまま進めばいいだろう」

クリスティーナの報告を聞いたドランが、何かに気付いて一瞬目を細める。かすかな振動が床を通じて伝わってきている
「予定通り、といったところか。ふむ、どうやら隔壁を下ろしはじめたようだな。音と振動がする」

「この面子ならば、一枚一枚こちらで制御を奪って開けていくよりも、壊していく方が早いだろう。それでも、少しは時間稼ぎとして成り立ってしまうかな?」

時間を与えれば、それだけ聖法王国側に対処の猶予を与える事になる。

いずれにしてもこの面々ならば勝利は間違いないとドランは判断していたが、情報の吸い出しに関してはそうもいかない可能性が高い。

一刻も早く中枢部に辿り着くべく、ドランは目の前で閉じはじめている障壁に竜爪剣を向けた。

「多少行き当たりばったりである感は否めないが、手荒く行かせてもらう」

ドランの宣言の直後、耳をつんざく破砕音《はさいおん》が廊下に響き渡った。

†

「ふふん、早速、一暴れしておられる様子。はっはっは、元気なようで何より」

愉快でたまらないと笑うのは、ハークワイアである。

シークシータからの指示で、九名の天意聖司と無数のガードボットの他、レーザーソードとレーザーライフルで武装したガードロイドを引き連れている。

ウーブルとバナキアとは別行動を取っており、行動を共にしている天意聖司は、本国から援軍として送られてきた者達だ。序列では全員がハークワイアより下位である。

ドラン達による戦闘の影響でひっきりなしに揺れているが、ハークワイア達はゼガランドが沈むかどうかを気にする様子はない。

彼らが待ち構えているのは、ゼガランド内にある機動兵器の格納庫の一つである。

全ての機動兵器が出撃し、そして撃墜されている為、がらんとしていてなんとも寒々しい。

わっはっは、と豪気《ごうき》に笑うハークワイアを、彼に次ぐ席次の天意聖司の男が呆れた声で窘めた。

「敵の強大さを喜ばれても困るぞ、ハーク。我らの神の威光を伝えるのにそれだけ苦労するのだから」

青ざめた肌に雪のように白い髪をかき上げて後ろに流し、鼻の下と顎の輪郭を覆う髭も同じく白い。背丈はハークワイアの三倍はあるだろうか。極寒の地に住み、氷と雪の魔力を生まれ持つ巨人種の一種、フロストジャイアントだ。

天意聖司第八席ギンハクという。

「何を言われる、ギンハク殿。苦難は苦難であるほど、乗り越えるべき壁として尊ぶべきではございませんか！　むふふふ」

「貴殿のように若い者は、まだそのように士気を高められるか。であれば、おれも年だなんだと言い訳をせず、先達として老骨に鞭《むち》を打つか」

「はっはっはっは、それは重畳《ちょうじょう》。神の冷厳《れいげん》なる一面を体現されるギンハク殿がやる気になってくだされば、頼り甲斐がある」

「ま、この艦を沈めぬ程度に気をつけんといかんがな」

「いざという時には外壁まで穴を開ける程度は構わんでしょう。後で大目玉を食らうとしても小生も責を負いますから、ある程度は仕方なしとしましょうや。そら、こうして話をしている間にもどんどんと近づいてきておりましたぞ。三……二……一……！」

ハークワイアは自分のやや前方の頭上を見上げると、すかさず両手を掲げる。彼ばかりでなくギンハクや他の天意聖司とガードボット達もそれに続いた。

格納庫を揺さぶる新たな振動は徐々に強くなり、天井の一角に亀裂が走る。

ハークワイアの数える数字がゼロになった時、天井を突き破ってドラン達が落下してきた。

「なんとも乱暴ですなあ！　ゴッド・ジャベリィイン‼」

嬉しそうに笑っているハークワイアの放つ極大の光の槍を筆頭に、天意聖司達の攻撃が次々と殺到するが、ドランの展開する結界に阻まれて無数の粒子となって砕け散る。

「流石は！」

ハークワイアは自分達の攻撃が通じぬ現実を前に笑みを深くした。

「行って！　ジャラーム！」

「エクスプロージョン！」

セリナとドランによる魔蛇と爆発魔法による同時攻撃が、ガードボットの大半を吹き飛ばす。

続いて、ディアドラの体と髪に咲き誇る色とりどりの薔薇の香りで、ガードロイドと天意聖司三名がたちまち昏倒《こんとう》して無力化した。半竜と化したディアドラは、ユグドラシルを含むこの星のあらゆる樹木や草花の精の中でも最強の存在となる。

ドラミナは神器ヴァルキュリオスを目に見えないほどに細く鋭い糸へと変えて、ドラン達三名の攻撃を凌いだ天意聖司の首を刎《は》ねんと操る。

彼女の繊細な指使いによって、ヴァルキュリオスは天意聖司達の首に容赦なく巻き付いた。だが、一人目の首が刎ねられるよりも早く、ギンハクが目に映らぬはずの左手で掴み取った。

糸が持つ熱によって感知したのだ。

「恐ろしい暗器を使いよる。凍てつけい！」

ドラミナは指捌《ゆびさば》きによりギンハクの指を切り落とさんとするが、直後、糸となったヴァルキュリオスに極寒の冷気が走る。

ギンハクのフロストジャイアントとして生まれ持った特性が、デウスギアの生体改造技術で強化された事で、彼は絶対零度すら自在に操る冷気の支配者と化していた。

原子に分解されても瞬く間に復活するドラミナにとって、絶対零度の冷気であろうとなんのそのだが、好き好んで怪我を負う趣味はない。

すぐさまヴァルキュリオスの一部を大気に変えて切り離し、冷気の伝播《でんぱ》を防ぐ。

「ふむ、これはなかなかの使い手ですね」

ドラミナは感心の言葉を発しながら、残るヴァルキュリオスの糸も大気へと変え、周囲の気温を一定に保ち、ギンハクから吹き付ける極低温の冷気を防ぐ壁の代わりとする。

ラミアのセリナと黒薔薇の精であるディアドラが寒さに弱いのを気遣ったのだ――無論、彼女達も半竜化していればこの程度の冷気は大丈夫なはずだが。

そこへ両手にエルスパーダとドラッドノートを握るクリスティーナが降り立ち、ハークワイア目掛けて風よりも速く斬り掛かった。

「せあ！」

鋭いクリスティーナの気合と共に振るわれた二振りの刃を、ハークワイアの光り輝くサーベルがしっかと受け止める。両者ともに人間の領域を超えた速度であった。

「おおっと、貴殿の左手にある剣が我らの神と因縁のある〝遺物〟ですかな！」

「これくらいはやるか。そうでなければ、私やドランを相手に戦いを挑んではこないだろうさ」

ついに神の告げた敵を目の当たりにして興奮を隠せないハークワイアは、光り輝くサーベル越しに問う。

「はは、これはこれは、我らが神の敵に相応しき不遜であるかな。そうは思いませんかな⁉」

「自分達だけの考えを無理やり押し付けて世界を染めようとするお前達の方が、よほど不遜だろう。ぜぇい！」

クリスティーナは律義に答えてから、重心の移動と関節の捻りを利用して一息にドラッドノートの刃を押し込む。

ハークワイアは全身に施された生体強化手術の効果とナノマシンの作用により、超人的な身体能力を有している。しかし、生粋《きっすい》の超人種である上に霊的進化を果たしているクリスティーナの腕力と技術は、ハークワイアを上回った。

「おお⁉ これは凄まじい、流石は超特級警戒対象ですな。ゴッド・サーベルの刃の半ばまで斬り込むとは」

大きく吹き飛ばされたハークワイアはかろうじて着地し、刃に走った切れ込みを見て、呆れ半分感嘆半分の言葉を発した。

そして彼はクリスティーナが手にするドラッドノートへと視線を集中させる。

彼が破損した刃にふっと息を吹き掛けると、見る間にサーベルが傷一つない状態へと修復された。

彼が言うところの神の力――ドラッドノートによれば異星文明デウスギアの産物――であるサーベルは、ドラッドノートに及ばずとも上位の魔剣を上回る力を宿している。

……が、その程度の敵ならば強敵とすら思わないような経験を積んだのが、ベルン男爵領一行だ。

右手に青白い光を発するエルスパーダ、左手にはほのかに白く光るドラッドノートを構えたクリスティーナが、戦闘の喧騒《けんそう》の中、改めてハークワイアを含む数名の天意聖司達と対峙する。

ハークワイアの次に手強《てごわ》そうなフロストジャイアントは、ドラミナが率先して相手をしていた。

バンパイア六神器の力もさる事ながら、ドラミナ自身の戦闘能力、判断力、対応力に対し、クリスティーナが抱く信頼は山よりも高く海よりも深い。

「神、神、神……お前達と言葉を交わすと、うんざりするほどこの単語を耳にするな」

真性の神々と言葉を交わす経験に恵まれたクリスティーナからすれば、ハークワイアらの奉《まつ》る神は胡散臭《うさんくさ》い事この上ない。

もし本当に神の類であったとしても、信仰を広げるやり口のえげつなさからして、ろくなものではない、と切って捨てたに違いない。

クリスティーナの吐き捨てるような言葉を聞き、集まっていた他の天意聖司達が怒りの色を浮かべるが、ハークワイアが左手を上げて制止すればそれもピタリと収まる。

「いやはや、当然至極でありましょうや。我らは神の使徒、神の下僕《げぼく》、神の手足、神の息吹《いぶき》、神の意志なれば！　我らの言動に神という単語が付随《ふずい》するのは必定なのでありますよ、ベルン男爵閣下。それにしても、それにしても、お強い！　天人文明最強の兵器を手にしているとはいえ、お見事お見事」

ハークワイアは今にも口笛を吹き出しそうな上機嫌ぶりだ。神の力が容易には通じない強敵を前に、その事実を忌々しく思うどころか歓迎しているようでさえある。

ドラッドノートの脅威を真に理解していないのか。もし理解した上でこの態度であるのなら、一体どんな精神構造をしているのか。

周囲で轟《とどろ》く爆音を無視して、クリスティーナはガードボットとガードロイドを淡々と処理しているドランを一瞥した。

仲間内に敵対者と因縁のある者が居た場合、その者同士で決着をつけさせ、彼は往々にして、自分は一歩引いて最悪の事態を防ぐ役割に徹する傾向がある。

それを踏まえても、今回はドラッドノートとデウスギアに因縁があるだけで、これまでのように気を遣う要素は少なく思える。しかし、クリスティーナには、彼が纏う雰囲気がいつもと違っているように感じられた。彼の何気ない所作に拭いきれない違和感が纏わりつく。

（ドラッドノートの対抗策が用意された程度でドランが警戒するか？　ドラッドノートの使い手である私を案じてならば……ま、まあ、自意識過剰でなければ警戒の念を深めるかもしれないが、それでもあのドランだぞ？　古神竜ドラゴン、全ての神々を相手に勝利し得る絶対的強者が何を気にする……）

この疑念を抱いたのはクリスティーナばかりでなく、ドラッドノートもまた同様であった。ドランの様子がいつもと異なるのに、クリスティーナ以外の女性陣も少しずつ気付いており、彼の目を盗んで、ごく手短にだが語り合っていた為だ。

ある意味、ドランと極めて因縁深いドラッドノートにも、その理由についての相談がされていた。

何しろ彼女／彼は、生前のドラゴンを討伐する為に収集されたありとあらゆる情報を内蔵していたからである。

しかし、それもあくまで古神竜ドラゴン時代のもの。人間として生まれ変わり、精神に活力を取り戻した後のドランについては、ドラッドノートよりもクリスティーナ達の方がはるかに詳しかった。

結局のところ、ドランの懸念の正体を突き止めるまでには至っていない。

（情けない事に、ドランが警戒するナニカを、私達がどうにか出来るとは思えないが、目の前の敵は対処可能な範疇だな）

ふらりとクリスティーナの体が揺らぐ。

突如、糸を切られた操り人形がその場で倒れ込むような危うい動作は、相手らの視覚を惑わす動き方であった。その体勢から、ハークワイアの首筋を狙い、左右から交差する軌跡《きせき》を描いて神速の刃が振るわれる。

しかし、彼の左右から二人の天意聖司が飛び出し、これを防ぐ。

片や瞼《まぶた》を閉ざして深く軍帽を被った初老のドワーフ、片や黒光りする鉄の皮膚を纏う人間種の少壮の男性だ。

日に焼けた肌にうっすらと白い傷跡をいくつも走らせるドワーフが、分厚い両刃の斧を振りかぶりながら、自らを鼓舞《こぶ》するかのように叫ぶ。

「神の一撃をここに、ゴッド・スマッシュ！」

標準的なドワーフ体型の彼にどれだけの力が加わったのか、両刃斧はドラッドノートの刃を受け止める。

本来ならこのままクリスティーナの左腕を付け根から吹き飛ばす一撃だが、予想を超える彼女の膂力と受け流しの技術が、拮抗状態《きっこうじょうたい》を作るに留めていた。

そして人間の男性も左腕でエルスパーダの刃を受け止め、高らかに叫ぶ。

「ゴッド・スキン！　我が皮膚に神の恩寵《おんちょう》ぞある！」

彼の左耳につけられた紫水晶のピアスが、男性の意思に応じるように輝きを放ち、肉体の強化を促進《そくしん》する。

ドワーフが神の一撃を放ったならば、こちらの人間は皮膚を硬質化させて防具不要の堅牢《けんろう》にして鉄壁なる肉体をもって、クリスティーナに応じていた。

しかし、両者の拮抗状態が続いたのは一瞬の事。

クリスティーナの両腕に更なる力が籠められ、刃を阻む相手の硬度に合わせた斬り方へ瞬時に調節がなされる。

エルスパーダとドラッドノートの刃はそれぞれの相手を断ち切ろうと、再び動きはじめる。

「むおっ⁉」

「おお、神の恩寵が」

にわかには信じがたい現象が自分達に襲い掛かる現実に、共に天意聖司の二人は驚嘆と畏怖を隠しきれずに声を上げた。

両者の首ないしは胴体に必殺の刃が達する寸前、二人の頭上を跳び越えたハークワイアの一撃がクリスティーナを襲う。

「上から失礼！」

自分の頭上を目掛けて振り下ろされるサーベルを舞うように後退して避けるクリスティーナ。そこへ、空中にあるハークワイアの左手から放たれた煌《きら》めきが襲い掛かる。

「聖罰・雷霆瞬光！」

ハークワイアの左手より放たれる十三の光の槍！

まさしく光の速さで襲い掛かるそれらは、クリスティーナの間合いに入ると同時にことごとく斬り砕かれて、美しき戦士の周囲を漂《ただよ》う光の粒子となって終わった。

「ンン！　なんという斬撃の速度ぉ！　物理法則より上位の位階に達しているわけですかぁ！」

「お蔭様でな！」

着地するハークワイアと肉薄するクリスティーナの間で繰り広げられる刹那《せつな》の攻防は、目の細かい網のように交錯《こうさく》し、空間に無数の光の軌跡を描く。

その度に、ハークワイアの全身に無数の傷を刻み込まれた。

「ぐむっ、剣技では到底及ばずとは、未熟なり、小生！」

傷と出血はすぐさま生体強化手術の恩恵で塞《ふさ》がり、痛みも一瞬だが、あまりにも多くの傷を与えられて堪らず体勢を崩すハークワイア。その右首筋に吸い込まれるように、ドラッドノートが振るわれる！

ハークワイアは、首を刎ねられても死なぬ身なれど、傷が塞がるまでの間に更なる連撃を放ってくる強敵となれば、可能な限り負傷は避けるが得策と判断した。さりとて、果たして防ぐ術はあるのかと、文字通り常人の数千倍にまで人工的に加速させられた思考を巡らせ、打開策を探る。

（聖罰、天罰、神罰、発動が間に合うものでは斬撃を止められず、斬撃を止められるものは全て発動間に合わず、不可！　ゴッド・サーベル、右手の腱《けん》、再生途中につき不可！　皮膚、筋肉、血管、骨格の瞬間硬化による防御――予測効果極小！　うむ、これは小生単独では受ける他なし！　負傷避けられず！）

自分の力では防げないと判断したハークワイアは、故に潔《いさぎよ》く他人を頼る事に決めた。

ハークワイアとクリスティーナの攻防の間に体勢を立て直したドワーフと鉄の皮膚の男性が、今度はハークワイアを救うべく動いていた。

「先程の礼ぞ、受け取ってくりや、ゴッド・ブルクラッシュ！」

「我らの神の威光に翳《かげ》りはない。天罰・虚空閃《こくうせん》」

鉄の皮膚の男性が指を組み合わせて作った菱形から放った緑色の光が、身を低くしてクリスティーナへと砲弾の如く駆けるドワーフの頭上を過ぎ去る。

クリスティーナの上半身を吹き飛ばすべく光の速度で迫る虚空閃を、神通力を得たクリスティーナははっきりと認識し、〝遅い〟と感じるほどであった。

眼前に立てたドラッドノートの刃が虚空閃を吸い取り、ここではないどこかの別次元へと放逐《ほうちく》する。次いで、瞬《まばた》き一つの間に迫っていたドワーフの一撃を、翻《ひるがえ》したドラッドノートの刃が軽やかに受け止めた。

「これはまるで空を斬るかのような⁉」

あまりの手応えのなさに驚き、厳《いか》めしいドワーフの顔が歪むのを、クリスティーナの瞳は冷ややかに見ていた。

「一年前の私だったら腕の一本も覚悟しなければならない一撃だったが、今となってはさしたる脅威ではない。一つ問おう。お前達とお前達の神は、本当にこの剣が天人の遺産と知った上で戦端《せんたん》を開いたのか？　それにしてはあまりに——」

お粗末《そまつ》すぎる、とクリスティーナの唇が動くのと同時に、ドワーフの持つ斧は空気か何かのようにあっさりと斬られた。そして、彼の首の右半分をドラッドノートの刃が斬り裂く。

不快な音と共に空中に噴出される血を避けて、クリスティーナは目の前に迫っていた鉄の皮膚の男性の頭上からエルスパーダを縦一文字に振るった。

硬質化させた拳《こぶし》を突き出す寸前だった男性は、見事な反応速度で両腕を交差させて、ミスリル製の刃を受け止める。

金属同士が打ち合う硬質の音が響き、男性の顔に苦痛の色がありありと浮かぶ。

エルスパーダの刃は男性の腕にじりじりと食い込み続け、ついには両腕を斬り落としたのだ。

「ごぉう⁉」

エルスパーダの刃は、クリスティーナの意思により膨大な魔力と闘気を纏った鈍器として男性の頭を強かに打ち据えて、彼の頭蓋骨《ずがいこつ》と脛骨《けいこつ》、脊髄《せきずい》を粉微塵《こなみじん》に粉砕する。

それだけならば瞬く間に再生するだろうが、クリスティーナの神通力は天意聖司達の不死性よりも上位の次元の力だ。男性はそのまま白目を剥いて崩れ落ち、明らかな戦闘不能状態へと陥《おちい》った。

「やはりドラッドノートを相手にするにはあらゆるものが足りていない。調査不足か？」

戦闘中にもかかわらず、思わず疑念を口にしてしまうほど、天意聖司達はクリスティーナからすればあまりに呆気ない相手だった。

この剣の前所有者——大魔導バストレルは、今のクリスティーナよりも一回りも二回りも強大な魔法使いだった。ドラッドノートとの意思疎通こそ出来ていなかったとはいえ、剣の性能自体は引き出せていたはずである。

天意聖司達がバストレル所有時代のドラッドノートを基準にして対抗策を練っていたとしても、これではやはり弱すぎるとしか言いようがない。

（どう見る？　ドラッドノート）

（彼らがまだ私対策の本命ではない可能性を提言します。彼らは常にあらゆる情報を送信し続けています。送信先は追跡中ですが、あちらも多数の囮と妨害策を講じている為、突き止めるのには今しばらく時間が必要です）

（ふむ、悪くすれば、彼らは様子見の捨て駒か）

ドラッドノートとの思念によるやり取りの間も、クリスティーナは決して眼前の相手から目を離してはいなかった。

同胞を倒された事への怒りも、怯《ひる》みもない、ハークワイアの朗々《ろうろう》たる声が響く。

「聖なるかな、神なるかな、天なるかな！」

「っ！」

ハークワイアの全身の細胞と同化した超小型の動力機関が一斉に最大稼働しはじめ、彼の全身にこれまでにない活力が漲《いなぎ》る。

その体を大きく前傾させた直後、彼は稲妻と化して格納庫を縦横無尽《じゅうおうむじん》に走り、クリスティーナへと襲い掛かる——あるいは落ちた。

轟雷《ごうらい》を思わせる音と共にクリスティーナの周囲に無数の光芒《こうぼう》が煌めき、所々で爆発と光が炸裂《さくれつ》する。

文字通り雷光の速度へ至ったハークワイアを、クリスティーナが迎撃し続けている証明であった。

「いやはや、雷光と化した小生と、こうまで斬り結びますか！　驚嘆・驚愕・驚天動地！」

クリスティーナの周囲を走る稲光と共に、四方八方から本音らしいハークワイアの声が聞こえてくる。

「確かに、お前達の神がもたらす力は常軌《じょうき》を逸《いっ》したものだ。その効力の凄まじさは認めよう！」

「ほう！　否定するばかりかと思っておりましたが、意外と聞く耳と見る目もおありかな？　ベルン男爵」

「だがな、お前達のやり口は実に気に入らん。教義に心服した者が自ら帰依するならまだしも、無理やり脳を弄って信仰させるなど、真っ当であるはずがないだろ。お前も元は聖法王国の外の人間だったのではないか？」

「ははは、いや、どうでありましょうな。小生、生まれてから今に至るまで聖法王国の信徒として過ごした記憶しかありませぬで。しかし、小生は心から天意聖司としての役目を果たすのを、楽しみ、喜び、誇りとしておりますぞい！」

びしゃっと、水音と共に格納庫の床へ赤い血が叩きつけられ、雷光と化していたハークワイアがクリスティーナの正面に姿を現す。

彼の両肩から胸板にかけて、交差するように斬撃が刻まれており、塞がるはずの傷が塞がらずに、血がたらたらと流れ出している。

「おお、おお、おお！　我が身が不死を忘れた。我が血が止まる事を忘れた。我らの神のもたらした不滅と不死の秘密を解明されたか⁉」

「ふん、不死身は珍しいというだけで、世に例はいくらもあるだろう。お前らの場合は細胞それ自体の驚異的な再生能力と、全身に宿した目に見えない小さな機械による修復の組み合わせが不死の要だ。再生を担う細胞それ自体を破壊し、体内の機械を破壊するか機能を停止するよう指令を打ち込めば、もうそれで不死身ではいられなくなる。エルスパーダなら前者、ドラッドノートならばどちらも叶う。私だけではない。ドランはもちろん、セリナもディアドラさんもドラミナさんも、全員が出来る芸当だ。つくづく、お前らは戦いを挑む相手を間違えた。私達を後回しにしていれば、その分だけ長く栄華《えいが》に酔いしれられただろうさ」

「手厳しい意見ですな。しかし、小生らは神の意志を体現する歯車。世界に等しく安寧《あんねい》を、世界の人々に等しく信仰を、世界に遍《あまね》く平穏をもたらすのが使命。世界中の誰もが同じ価値観を共有し、喜び、悲しみ、慈しみ、笑みを浮かべる。それは誰がなんと言おうと、確かに尊きものであるに決まっているでしょう。その光景を得られるのであれば、小生は過程よりも結果を重視するまでの事。貴殿らがどれほど言葉を重ねて否定しようとも、小生は折れぬ。小生は曲がらぬ。小生は屈せぬ！」

少し、少しだけだがクリスティーナのハークワイアを見る目が変わった。

彼女は、聖法王国の者は例外なく洗脳された者ばかりかと考えていたが、どうもハークワイアはそれを抜きにして、自らの信条を芯としてこの場で戦っているようであった。

ある種の敬意も込めて改めて斬り結ぶべく、クリスティーナは両手に握る愛剣の切っ先をだらりと下げて、かすかに重心を落とす。

「小生は天意聖司、全能ならざる神デミデッドと共に歩む人間！　世界の隅々にまで我らの神の慈悲を届ける為に、力を揮《ふる》おう！　神罰・劫火礼賛《ごうからいさん》！」

左手を突き出したハークワイアが、気障《きざ》ったらしい仕草で指を鳴らした。

次の瞬間、クリスティーナを取り囲むように、この世を焼き尽くす大火の如き炎が噴き上がり、人体など灰すら残らぬ熱量が一斉に襲い掛かる。

「温い！」

その一声と共に、クリスティーナがエルスパーダの一振りで自分を取り囲む炎を真っ二つに斬り裂く。

しかしこれは、ハークワイアにとって想定の内。彼は顔色一つ変えず、右半身を後ろに引いた半身の構えを取り、サーベルの切っ先はクリスティーナへ。そして没我の集中に入っていた。

「最速の一撃、ゴッド……ピアースッ‼」

彼は先程の雷光化よりもさらに速く、格納庫の床を粉砕するほどの力で踏み込み、軌道を読まれての反撃を恐れずに、ありったけの力を込めた刃を突き込む。狙いはクリスティーナの心臓ただ一つ。

刹那よりも短い時の中、クリスティーナもまたハークワイアの髪の毛の一筋、服のはためき、瞳の揺らぎ、切っ先の煌めき、力の流動に至るまで全てを捉えていた。意識・無意識の両方が最適の対応をとる。

心臓を狙ったのはフェイント——そこから眉間へと狙いを変えたサーベルの切っ先がクリスティーナに迫る。

額《ひたい》から垂れる前髪の一本がサーベルに斬られると同時に、彼女は左半身を引き、その動作に連動して迫るハークワイアの左首筋を狙ってエルスパーダを振り下ろす。

これをハークワイアは生身の左腕で受け、腕の切断と引き換えに刃の到来を僅かに遅らせた。

その間に虚空を貫いていたサーベルが閃《ひらめ》き、意趣返《いしゅがえ》しとばかりにクリスティーナの左首筋に迫る。

しかし、跳ね上がるように振り上げられたドラッドノートにより、サーベルは根元から粉砕された。

武器は砕け、左腕は肘から先を切断されてもなお、闘志の衰えぬハークワイアは、眼光鋭くクリスティーナを睨む。

斬られた個所から彼女の神通力が浸透し、ハークワイアの肉体に解析不能の麻痺《まひ》症状《しょうじょう》が広がりつつある。

だが――自分の体を使ったドラッドノートの性能検証は上手くいった。

「残念、無念、遺憾。なれば、もはや玉砕、爆砕も仕方なし！」

これまで以上の満面の笑みを浮かべるハークワイアが、僅かに刃を残すサーベルを自らの心臓に突き刺した。

「そう来るか！」

事前の想定の一つが的中してしまい、クリスティーナは舌打ちの一つも打ちたい気分に陥る。

自刃を引き金に爆発が起きるか、時空の嵐でも起きるのか、これから何が発生するのかは分からないが、ドラッドノートの機能で被害を抑え込む事は出来るだろう。

クリスティーナは怯まず踏み出した。

「あやや、これは小生の不徳のいたすところ！　我らの同胞と我らの神に栄光あれ！　聖法王国万歳‼」

ハークワイアの全細胞が死亡するのと同時に発動するよう仕組まれていた装置が作動し、彼の肉体が重力崩壊を引き起こす兵器へと変わる。

それを察知して、クリスティーナの一声が飛ぶ。

「ドラッドノート‼」

『了解』

人型の超重力場を毒々しい紫色の光が呑み込み、異常な重力と空間を丸ごと削り取って、はるか遠い宇宙の彼方へと転移させる。

ドラッドノートによる強制的な空間転移だ。この剣が運用されていた過去の時代では、超重力場の兵器転用など珍しくもないから、対処法はごまんとある。

ようやく、格納庫内に静寂が戻った。

天意聖司並びにガードボットの撃退を確認して、セリナとディアドラは一息吐き、ドラミナは大気に変形させたヴァルキュリオスを周囲に広げ、自主的に見張り役を買って出る。

「さて、ドラッドノート、もう一仕事頼めるか？」

『はい。そうですね、あちらの壁際の端末に私の柄頭《つかがしら》を接触させてください』

「分かった。こうか？」

言われた通り、クリスティーナは逆手に持ち替えたドラッドノートの柄頭を、壁に埋め込まれている端末に触れさせる。もしこの格納庫の端末から情報を得られなかったら、やはり艦の中枢まで足を運ばねばなるまい。

「有益な情報を得られそうかい？」

話し掛けてきたのはドランだ。右手に愛用の長剣を握ったままであるから、彼はまだ周囲への警戒を解いてはいないようだ。

ゼガランド側はドラン達の居る区画を切り離して、外部へ放逐する事も出来るだろうし、いついかなる襲撃があっても対処出来るように、気を張っているらしい。

（聖法王国内の首都が表向きのものでしかないのは確認出来ました。正確な本拠地の所在は不明ですが、首都で新たに情報を得られる可能性は高いでしょう。過去のデウスギアの情報から、おそらく別次元か次元間に隠れていると推察されます。詳細を確認するには、中枢に侵入する必要があります。クリスティーナ、もう充分です）

心なしか落胆《らくたん》したような調子でドラッドノートが答えたその瞬間、この場に居た全員に浮遊感が襲い掛かる。

「格納庫が切り離されたか」

淡々と呟くドランに、ドラッドノートが補足を入れる。

『この格納庫ばかりではなく、艦の各所が切り離されています。自沈するわけではないようですが、私達と中枢部を物理的に切り離す手段に訴えたようです。直に艦載機や艦砲でこの格納庫を吹き飛ばすでしょうから、迅速な脱出を推奨《すいしょう》します』

「外の私がかなりの数を撃墜しているが、聖法王国側の戦力は随分多いようだ。長い間にこつこつと製造していた分を吐き出しているみたいだな。ご苦労な事だ」

徐々に落下しはじめる格納庫の中で、ドラン達は全員が浮遊魔法なり飛行なりで、格納庫の天井に叩きつけられる事態を避ける。

しかし、すぐに次の行動に移る必要があった。

「ちまちまと艦の中を進む手間を向こうが省いてくれたと、前向きに受け止めよう。浮かび続けている部分の中に人間が一人だけいる。そこが中枢だな」

ドランが竜爪剣を両手で構え直し、切っ先を右下段に下げるのを見て、セリナ達は彼が何をするつもりか察した。

相変わらず力業で解決するのが得意な恋人である。

「まずは邪魔なこの格納庫から出ようか」

ちょっとそこら辺を散歩するような気軽さでドランが呟き、竜爪剣を振り上げるや否や、剣圧か、魔力か、はたまた闘気によってか、格納庫の天井は跡形もなく消え去った。

さらに、その先に居た聖法王国の艦や艦載機もまとめて粉砕されて、空を彩る花火に変わる。

途端《とたん》に開けた視界の向こうに、残ったゼガランドの艦体が組み直されて、戦艦とは別の何かになろうとしている光景が映る。

白竜のドランはゼガランドだったものから距離を取りはじめていて、その間にも両者の間では近距離での砲撃戦が行われていた。数百の光線が飛び交い、互いの防御力場を削り合っている。

これまでは巨大な戦艦だった物体は、今や人間の約百倍の大きさの人型へと変貌していた。黄金の線が走る白い甲冑《かっちゅう》を思わせる姿で、背からは艦尾にあった鳥の羽を思わせる部品が四枚伸びている。

「変形してくるとはな。だがやる事は変わらない。あれを操艦している天意聖司の居る中枢部を抉り出して、情報の確保といこうか。艦の中を走り回る手間が省けて何よりだ」

侮っているとも聞こえるドランの呟きを拾ったのか、巨大な人型へと変わったゼガランドの背中の翼から噴火を思わせる勢いで光が奔出《ほんしゅつ》する。それらは数十万に及ぶ光の羽となって、格納庫から脱出したドラン達へと襲い掛かった。

落下物と光の羽が豪雨のように降り注ぐ中、ドラン達は隙間を縫うようにして、ゼガランドを目掛けて飛翔する。

ゼガランドの巨体がなくなり、周囲の敵艦隊も誤射の可能性が低くなった事から、ドラン達に遠慮なく砲撃を重ねてくる。

「わわわ！　もう、しっちゃかめっちゃかですよ！」

それほど飛行魔法の経験がないセリナは、ぼやきながらも半竜化によって生やした白い翼をせわしなく動かす。周囲から嵐のように降り注ぐ砲撃や光弾を避け、とてつもない大きさのジャラームを生み出して反撃している。

空を飛ぶのに慣れていない点ではディアドラも同じだ。こちらは荷電粒子《かでんりゅうし》ビームや光子魚雷さえも毒する香りを発し、虹色の薔薇を咲かせた荊の乱舞で艦載機や駆逐艦を両断するという、とんでもない力業を発揮している。

「我ながら、まあ派手な戦場に来たものだわ。これでもまだ前哨戦《ぜんしょうせん》でしょう？　あまり長引くと心臓に悪そうね」

飛行に不慣れな二人を支援すべくヴァルキュリオスを大弓へ変えたドラミナが、周囲の光の雨にも負けない膨大な数の黒い光の矢で応戦しながら、同意を示す。

「私もベルンを長く空けるのは気が進みません。改めて、デウスギアという過去の侵略者に現在を生きる私達の時間を奪われたくないと、強く思いました」

「ドラミナも同意見みたいね。なら、何かを警戒しているドランには悪いけれど、私達は私達の都合で戦わせてもらいましょうか」

その言葉にセリナとドラミナは揃って頷き、今も光の羽を放出し続けるゼガランドを睨んで戦意を高める。

クリスティーナもまたドラッドノートの補助によって、空中に足場を定め、ゼガランドを見上げていた。

仮にドランがこの場に居なくとも、闘志を燃やす彼女らの標的となったゼガランドと、それを操るシークシータの運命は、ただ一つに定められたとしか言う他ないだろう。

†

四枚の翼を持つ鋼鉄の巨神と化したゼガランドの内部で、シークシータは神聖不可侵なる聖法王と連絡を取っていた。

ドランが通常空間に出現してから聖法王とは常に通信を繋げた状態だったが、言葉を交わすのは戦闘開始後初めてだ。

「申し訳ございません、陛下。天意聖司を代表して心よりお詫び申し上げます。偉大なる陛下と神のご慈悲により、大いなる力を与えていただいていたにもかかわらず、ついに私一人を残すのみとなってしまいました。なんと情けない姿をお見せした事か」

今にも秋の落ち葉のように涙を零しそうなシークシータを、画面の向こうの聖法王は僅かも責める様子を見せない。

この上なく可憐《かれん》で輝きを纏う容姿と、神に愛された神聖さと荘厳《そうごん》さを併せ持つ少年は、母のように優しく、父のように慈しみ深く、シークシータを労わる言葉を口にする。

『何を嘆く必要があろうか、同じ神の子たるシークシータよ。そなたのもとへと遣《つか》わした天意聖司達が奮闘虚《ふんとうむな》しく命を散らしたるは、確かに悲しむべき事。我が心もそなたと同じように涙を流し、失われた命と未来を悼《いた》んでいる。だが、そなたはまだ生きている。こうして余と言葉を交わしておる。顔を上げよ、シークシータ。我らの神デミデッドに選ばれし寵児《ちょうじ》よ。神はまだそなたを見放してはおらぬ。我らを必要とし、我らが必要とする神の為、そしてそなたの信仰の為に戦うのだ』

「ああ、陛下のお言葉とご慈悲で我が目と心の曇りが晴れました。先に神の御許へと旅立った家族達に誇れる戦いをご覧に入れましょう！」

もはや迷いはなく悔《く》いもないと、言葉よりも雄弁《ゆうべん》に語るシークシータの顔を見て、聖法王は我が誇りとばかりに微笑む。

『そなたの未来に神の祝福があらん事を。勝利の凱歌《がいせん》を用意して待つぞ、我が家族シークシータ』

「必ずや、親愛なる聖法王陛下」

乙女のように愛らしく、到底戦士とは思えぬ顔で応えるシークシータだったが……今の彼女の姿を見て平静でいられる者がどれだけ居るだろう。ゼガランドの変形に合わせて艦橋も大きく形を変えており、今や巨神の胸部に収まる程度の広さしかない。

彼女は操縦席の中心にある歪《いびつ》な十字の柱に磔《はりつけ》にされている状態だった。そればかりか、周囲から大小無数の金属の管が伸びて、彼女の皮膚の下で木の根のように根付いている。

髪の毛も十字の柱に溶けたように同化し、首から下は周囲から伸びてきた金属の管で覆い尽くされていた。

あまりに痛ましく、生贄にされた女の末路にしか見えない惨状でありながら、シークシータの顔に後悔や苦痛、恐怖といった感情はほんの僅かも存在していない。

単体での戦闘能力を追求した巨神形態の性能を最大限に引き出す為には、ゼガランドとの半融合状態へ至るのが必須であるのは承知の上だ。

シークシータに施された生体強化手術は、情報処理能力の強化と無機物との融和性に特化したもので、ゼガランドとの融合によって人間と機械の一体化を完全になす。

ゼガランドの多種多様な観測機器が彼女の目となり、銀河間の航行すら可能な動力を生み出す機関は心臓となり、星々を砕く強大な兵器が意思一つで自在に稼働する。

「神殻《しんかく》との同調率三百七十パーセント、我が身は神の末席へと至れり。機械よ、人間よ、人間ならぬ者達よ。さあ、救済の時です。貴方達の命を終わらせ、剥き出しになったその魂に、デミデッドの救いを！」

†

ゼガランドの変形が終わるまでの間、牽制《けんせい》の為に放たれていた光の雨がピタリ止んだ。そして、四枚の翼からさらに巨大な黄金の光の翼が雄々《おお》しく、神々しく広がる。

その巨体を覆う穢《けが》れのない白と黄金の装飾、大空を覆うかのように巨大な四枚の翼は、事情を知らぬ者が見れば、天上世界から神が降臨したと信じてしまっても無理はない。

有翼の巨神の体を走る黄金の線が一層力強く輝くのに呼応し、ゼガランドの巨躯《きょく》の中で胎動《たいどう》する力がさらに増した。

ドラッドノートが皆に警告を発する。

「敵艦のエネルギー反応が急速に増大中。星間戦争の戦略を左右する規模です」

「ふむ、デウスギアとやらは流石に最盛期の天人と戦っただけあるか」

光の雨は止んだが、数を増す機動兵器と敵艦からの砲火は変わらず膨大だ。

ゼガランド内部から放り出されたセリナ達からすれば、一瞬も緊張の糸を緩めてはならない戦場に唐突に移されたようなものだった。

戦艦から巨神へと姿を変えたゼガランドの主たる攻撃手段はなんなのか。

あの光の雨と同じく光学兵器か、それとも巨体を駆使した格闘戦か。今後の聖法王国との戦いの中で同型機が出てくる可能性を考慮すれば、この戦いで可能な限り情報を収集したいところだ。

「大物が出てきたけれど、形を変えて小さくなった分、沈めやすくなったかしらね？」

ディアドラの楽観的な発言を、クリスティーナが窘める。

「人型に縮まった分、機動性が増し、出力も圧縮されている。決して容易くなったわけではないぞ」

二人のやり取りを耳にしていたセリナは、ディアドラに半分だけ同意といった調子で自分の意見を口にする。

「破壊するには、戦艦のままの方が的が大きくて楽だったとは思います。ですが、中枢部分から情報を抜き出す手間を考えれば、広い艦内を探し回る必要がなくなった分楽になったんじゃないでしょうか」

「それもそうね。前向きに考える方が建設的だわ。そうなると、完全に破壊してしまうと良くないわけだけれど、手足に中枢部はないと思うわ。セリナはどう考える？」

「うーん、人体を模していますから無難に頭、胸、お腹とかでしょうか」

幸い彼女らが話をしている間にドラッドノートが解析を終えて、全員の精神に念話を繋げて報告した。仕事の早さは流石である。

（ただ今解析を終えました。あの戦艦はどうやら搭乗者と物理的に融合して性能を引き出しているようです。この場合、搭乗者がそのまま中枢と同化したと判断出来ます。場所は……）

ドラッドノートの念話を傍受《ぼうじゅ》したわけではないだろうが、ゼガランドが手首から先に光の大剣を作り出して、巨体からは信じられない速さで斬り掛かってくる。

ディアドラは虹薔薇の大槍を展開し、セリナは放つ七つ首のジャラームを咄嗟に放ってこれに応じた。

「図体が大きいだけあって、馬鹿力ね！」

「ふぬぬ、ま、周りの艦隊は白竜の方のドランさんが対応してくれていますから、私達はこっちに集中しましょう！」

ゼガランドの周囲をドラン達が飛び回り、防御力場を突破する一撃で巨神の装甲に損傷を加えているが、瞬きをする間に傷が埋まって元通りになってしまう。

クリスティーナは先程まで戦っていたハークワイアを思い起こさせるゼガランドの回復力を思い出して、辟易《へきえき》とした表情を隠さない。

「不死身ぶりは天意聖司も戦艦も変わらないか。再生するよりも早く装甲を破壊し、内部の搭乗者を引きずり出すのと、自決ないしは自爆を防ぐのを両立しなければならないのが難点だな」

クリスティーナの呟きに、ドラッドノートが淡々と応える。

『撃破自体は難しくはありませんからね』

いや、そちらも決して簡単ではないのだが……と、クリスティーナは胸中で苦笑いを零した。

ドランと出会う前の彼女だったら、あんなデカブツを相手に勝つのは無理だと判断しただろう。

ところが、今はドラッドノートと同じ意見なのだから、つくづく、人間何があるか分からない。

そんな中、四方八方から、クリスティーナ達を目掛けて無数の光線が飛来し、交錯する。

撃たれてばかりではなんだ、と人間のドランが時間操作系統の魔法詠唱に入る。

「未来は流れて現在にならず　現在は過ぎ去りて過去にならず　過去は置き去れるものにあらず　時の流れは定まらず　ことごとく狂乱せよ時の奔流　零落時獄《れいらくじごく》！」

彼方より竜爪剣を一振りしたドランから、身の丈ほどの細長い物体が九本発射された。それはまるで陽炎の如く歪み、槍の形に固められた空間のようであった。

現在のゼガランドの位置と速度、これまでの機動から算出し、予測した未来位置全てへと投擲《とうてき》された槍は、無数の異なる時間を圧縮して作り出されたもの。触れたが最後、敵を極小の大きさに分解して、それぞれを別の時間軸へと飛ばす、時間操作系の魔法である。

時間の流れの加速、停滞、遅延、どれか一つをとっても極めて高難易度とされるが、ドランはその全てを同時にかつ無数に実行し、即興で作り上げてしまった。

世の魔法使いが知れば卒倒《そっとう》ものの高難度——というか、地獄のように難しい魔法である。

ゼガランドの頭部に直撃した瞬間、付近の空間が大きく歪み……しかし、直後に正常な状態へと戻る。ゼガランドにも機能に問題が生じた様子は見られなかった。

ドランへ左の掌を向けつつ、無傷のゼガランドに感心した素振りを隠さない。

「時間操作耐性ありか。それに因果操作耐性、空間干渉に関する耐性も保有。ふむ、搦《から》め手《て》でどうにかするよりも、正面から力づくで壊す方が手っ取り早いな」

すると、これまで沈黙を保っていたシークシータが、ドランの超絶技巧と評すべき魔法に称賛《しょうさん》を交えた声を外部音声ではっきりと告げてきた。

『素晴らしい、貴方はもうそこまでの高みに達しているのですね！　貴方が我らと同じく神の従僕となってくださったら、なんと心強いでしょうか。ああ、けれど今は敵！　神の御業《みわざ》からは逃れられません、ゴッド・ブラストシャワー！』

ゼガランドの左掌に目を潰すのが狙いだと言わんばかりに強烈な光が生じ、数千にも及ぶ細い光の糸が白竜のドランとその背後の人間のドランを目掛けて放たれる。

着弾するまでの刹那に、白竜のドランの周囲には雪の結晶を思わせる巨大な盾が無数に生み出され、これらが迫りくる光線を受け止めて内部へと吸い込んでいった。

この雪の結晶の盾もまた彼が即興で作り出した新たな魔法だ。一つ一つがはるか遠方の空間と繋がった転移門で、吸い込んだ光線をはるか宇宙のどこかへと放出させて無効化したのである。

敵ながら見事、とシークシータが感嘆する中、彼女の諸感覚と同化したゼガランドの観測機器が危険を意味する信号を盛大に伝えてくる。もっとも、戦闘開始からずっと鳴りっぱなしだが。

「ドランばかり見ていると、こっちが手薄になるわよ？」

ふわりと柔らかに笑みながら、全身からは隠さぬ敵意を業火《ごうか》の如く滾《たぎ》らせるディアドラである。

自動追尾機能を有した光線を撃ち終え、再び動き出す寸前のゼガランドの左右から、七色の薔薇を咲かせた七本の荊の槍が迫っていた。

ディアドラの髪から伸びた荊の大槍がそれぞれ速度を変えて襲い掛かるのを、ゼガランドは曲芸めいた動きで避け続ける。

強力な防御力場と自己修復機能をもってしても、ディアドラの纏う高次元の力はあまりに危険と判断したからこその回避行動であった。

『この場に集った方々のなんと強壮《きょうそう》なる事。さあ、神の声に耳を傾けてください。神の光を見てください。神の力を感じてください。私と共に神の下僕となりましょう。私達の幸福は神デミデッドと共にあります。未来を委ねましょう。意志を委ねましょう。可能性を委ねましょう。貴方達は幸福になる権利と可能性があるのです！』

「義務と言わないだけまだ救いはあるのかしらねえ。悪いけれど、耳を傾けるのが最大の譲歩よ。自分の意志と責任を誰かに丸投げするのはごめんだわ。貴女もそうでしょ？」

ディアドラの問い掛けに応じて、ゼガランドの背後に回っていた荊の槍がぱっくりと割れた。

そして、中に隠れていたセリナが勢いよく飛び出し、七枚の光り輝く竜の翼を広げる。

「貴女の言う神様に頼らなくたって、私達は幸せになれますし、他の人だってそうです！　一つの形の幸せしか認めない貴女達が、私は好きではありません！　行きます、ドラグヴェンデス‼」

ドラグヴェンデスはドランがメルルとの初めての手合わせにおいて即興で作った魔法だが、今ではセリナも習得し、彼女の魔法の中でも、最大の火力を誇る切り札となっていた。

何しろ、契約先が恋人＝ドランであるから、現実離れした威力に反して消耗と負担が極めて小さいのである。

セリナの背後に幻影として浮かび上がる古神竜ドラゴンの口から放たれた砲撃が、ゼガランドが最大出力で展開する防御力場を薄紙のように貫いた。そのまま左腕を肩の付け根から吹き飛ばし、脇腹も大きく抉り抜く。

『ああ⁉』

ディアドラ同様に高次元の力を纏うセリナの一撃に、ゼガランドの修復能力の発動は遅滞《ちたい》し、損傷の修復の始まりが僅かに遅れる。

そこを見逃さずに、クリスティーナが追撃を加えた。

ゼガランドの頭上から虚空を蹴って加速した彼女は、大きく振りかぶった二振りの剣を交差するように振り下ろし、ゼガランドの右腕を斬り落とす。

以前、本気になったレニーアと戦った際、足場のない空間での戦い方を骨身に刻んだ経験が活きていた。

「全てを神の意志に委ねるのが正しい生き方であるのならば、私達に自由なる意志と知性は必要あるまい。なんでも言う事を聞く下僕が欲しいのなら、人間はやめておくべきだな」

ただ一つの信仰の在り方を強いる聖法王国のやり口が心底気に入らないのか、クリスティーナの口ぶりはひどく冷淡で、赤い瞳も氷のように冷たい光を宿していた。

斬り落とされたゼガランドの右腕もまた修復の様子は見られず、そのまま地面へと落下していく。

しかし、セリナ達の追撃の手はまだ止まない。

降り注ぐ陽光の中、背から蝙蝠《こうもり》のような翼を広げて空を飛ぶドラミナが、太い鎖に変えたヴァルキュリオスを使い、ゼガランドの巨体を何重にも縛り上げて動きを封じていた。

停止や凍結などといった概念を押し付ける類の拘束が通用しない為、単純な物理的拘束に打って出たわけだ。

いかにドラミナとてゼガランドの出力が相手では、いつまでも動きを止めてはいられないが、巧みに鎖をたわませ緩みを作る事で、巨神の剛力《ごうりき》を相殺《そうさい》している。

加えて、ゼガランドでは神の為の神器であるヴァルキュリオスを破壊出来ないのも、拘束し続けられる要因であった。

ドラミナは両手に握る鎖の束を細やかに動かし、額に嵌めた神器によって内部のシークシータを透視しながら、憐《あわ》れみを込めて呟いた。

「ひょっとしたらデミデッドは善意をもって貴女方を導いているのかもしれませんが、私には到底そうは信じられません。神の真意を知らぬままでいるのが、きっと貴女にとっては救いでしょう。ドラン、そろそろ終わりにしては？」

いつからそこにいたのか、ドラミナは自分の右隣に立つドランへと声を掛けた。半竜化こそしていないものの、全身に膨大な魔力を漲らせているドランは、鋭い眼差しで敵を見ている。

ついつい凛々《りり》しい横顔に目を奪われてしまうが、この他と隔絶する力の持ち主が沈黙し続けているのが気掛かりだった。

しばらくの間、ドランは思案に耽っている様子で竜爪剣を握り直していたが、ドラミナに声を掛けられて顔を上げる。

彼の心の中で一つ区切りがついたようだ。

「ふむ、私も腹を括った。今後、何が出てきても叩き潰すと覚悟を固めたよ。だいぶ遅くなってしまったが……」

（おや、やはりドランは今回の聖法王国との戦いに、珍しく警戒心を抱いていたのは間違いなかったのですね。思い返すに、彼が戦いにおいて警戒するなんて、バストレル以来になるでしょうか。そのバストレルとてドランにしてみれば強敵ではなかったようですけれど。そもそも、彼と戦いを成立させられる時点で、大神以上の実力者ですね……）

ドラミナがセリナ達と共有していた疑念が正しかったと確信した直後、ドランの姿は既に巨神の間合いの内にあった。

ゼガランドには砕けぬ神器も、ドランならば硝子細工のように容易く砕ける。

始祖伝来の神器を壊されては困ると、ドラミナはドランと息を合わせてヴァルキュリオスを大気に変化させて、拘束を解除した。

拘束を解かれ、自由を取り戻すゼガランドへ向けて、ドランは竜爪剣を容赦なく振り下ろす。白い炎のように輝く魔力を纏う刃で、巨神の左首筋から胸の中央までを斜めに斬り下ろし、そこから右首筋へと抜ける斬り上げへと変化させる。

ドランは竜爪剣を右後方に流しながら、空いている左手でゼガランドの胸部を掴み、斬り裂いた箇所から上の部分を丸ごと引き千切った！

金属を無理やり力で引き裂く音と紫電《しでん》を散らす音が折り重なる。

ドランは人間体の自分と比べて何十倍もあるゼガランドの胸部から上を無造作に放り投げ、剥き出しになった操縦席に居るシークシータを竜眼に映した。

虹色に輝く瞳に映されて何を感じたか、首から上を除いて肉体のほとんどをゼガランドと同化したシークシータがぶるりと体を震わせた。

それでも彼女の体は怯え竦む精神に引きずられずに動く。

「神よ、この身を捧げます」

残されたゼガランドの動力機関が限界を超えて稼働しはじめ、この戦場に居る全てを巻き添えにして消滅させようとする。

想定通りの展開に、ドランは感情の動きを見せず淡々と行動した。

目を瞑って天を仰ぐシークシータの喉を掴み、彼女を通してゼガランドへと干渉して動力機関の動きを強制的に停止させる。

少し遅れて、隣にクリスティーナが降り立ち、ドラッドノートをシークシータの背後の十字の柱へ深々と突き刺した。

「ドラッドノート、任せた！」

『了解いたしました。速やかに実行します』

天人文明やデウスギア文明を上回る技術の産物であるこの剣は、所有者の意思に従ってゼガランドの管理機構に強制介入してドランと共に自爆を止めた。同時に、情報の吸い出しを迅速に進めていく。

もはや拘束の必要はないと判断したドランは左手を放し、瞳からふっと光を失ったシークシータに黙礼《もくれい》した。

最後まで聖法王と神の為に身を捧げようとしたシークシータの心臓の鼓動《こどう》は、緩やかなものとなり、呼吸も止まりつつある。

「魂まで燃料にさせられていた。もう少しで魂が燃え尽きて輪廻《りんね》の輪にも入れなくなるところだった。……せめて輪廻の輪に戻れ。その方が救いがあると考えるのは、私の傲慢かもしれないけれど」

ドランの言葉にぎょっとしたクリスティーナが、まじまじとシークシータを見る。

巨神形態のゼガランドを動かす為に魂までも捧げた――あるいは捧げさせられた女性への憐れみや、覚悟、意志の強さへの敬意、様々なものがクリスティーナの胸中に去来した。

『クリスティーナ、情報の吸い出しが終わりました。デウスギアの本拠地の所在も確認出来ましたよ』

「ん、ああ、ご苦労様。当初の予定はこれで果たせたわけだな、ドラン」

とりあえずはこれで一歩前進だ。いや、敵戦力を減らしつつ、本拠地の所在を確認出来たのだから、二歩前進とも言える。

ドランはドラッドノートに確認する。

「おそらくとは思うのだが、敵の首都には転移用の門か、遠隔地に繋がる通路があるんじゃないかね？」

「肯定します。聖法王国の首都――通称〝聖都〟デミラザルの宮殿地下に秘匿《ひとく》された次元回廊《じげんかいろう》の先に、デウスギアの〝真の本拠地〟が存在しています。我々の最終目標はこの本拠地を跡形もなくこの世から抹消する事でよろしいかと」

デウスギアとの戦争期を思い出し、物騒な提案を淡々と告げるドラッドノートに、クリスティーナは小さく首を横に振りながら言った。

「極端な提案をするなあ。微塵も容赦がないが、そこは私が口を出すところではないかな」

じきにゼガランドが浮力を失って落下を始めるだろうから、すぐにこの場を離れて白竜のドランのところに戻って、また手の上にでも乗せてもらわなければ落下の巻き添えだ。

周囲を雲霞《うんか》のように飛び回っていた機動兵器や敵艦隊は戦闘行動を停止して、出現した時と同様に煙のようにふっと姿を消していく。

ゼガランドの沈黙をもってこの場での戦いは終息した、と判断して問題はないだろう。

人間の方のドランは半ば燃えたシークシータの魂をそっと手に取り、その他の天意聖司達の魂を集めていた。

放っておけば冥界から死神が来るよりも早く、デウスギアに彼らの魂が利用されてしまう可能性がある。それを防ぐ為に自ら彼女らの魂を冥界へと導いているのだ。もし竜教徒の信者達が知れば、羨望のあまり憤死《ふんし》しかねない栄誉《えいよ》でもあった。

それぞれが戦闘終了を悟って行動する中、不意に魂が離れ、命の火が尽きたはずのシークシータの体が動き、言葉を発する。彼女の亡骸《なきがら》とゼガランドを利用して、遠方から誰かが語り掛けているのだと、まだその場にいたドラン達は看破《かんぱ》した。

『聞こえているかな、ドラゴンスレイヤーの継承者殿。余は神デミデッドよりディファクラシー聖法王国を与る者、聖法王である』

シークシータとは異なる、少年とも少女とも聞こえる声音。もしこの世で最も美しい宝石を音に変えたなら、こんな声になるのだろう。

これにはドランが真っ先に応じる。星人の残党デウスギアに最も近いであろう人物からの接触に、彼の眼差しは鋭く変わっていた。

「貴殿の声は届いているぞ、聖法王陛下。わざわざお声掛けいただき、光栄の至り。時に、個人としての名はお持ちではないので？」

『ほう、思ったより穏やかな対応だな。さて、我が名は聖法王になってより意味をなくした。余は聖法王という存在であり、名であり、概念であり、デミデッドの子らを導く親である故。神は何者も拒絶しない。我らの家族である天意聖司達を討った君達でもだ。さあ、我らの聖都へ来るがよい。

神も、そして余も、君達と顔を合わせるのを心から楽しみにしている』

嘘か真か、絶対の余裕を滲ませる言葉を最後に、シークシータは再び物言わぬ骸となり、力なく項垂《うなだ》れた。

「ハークワイアは〝私達は例外的に拒絶された〟と言っていたが、当の聖法王は私達を勧誘するんだな。ふん、私達を倒せなかったから掌を返したか」

クリスティーナは聖法王の言動の理由を推察し、不愉快そうに表情を歪める。

一方、予想外の聖法王との会話に何を思うのか、しばし沈黙した後、人間のドランがシークシータの亡骸をゼガランドの操縦席から丁寧に取り出した。

「死ねば魂は冥界へ、残る肉体は世界へと還元されるだけ。それでも、作法は異なるだろうが弔《とむら》うべきだろう。他の天意聖司は肉片一つ残っていないし、せめて彼女くらいは、な」

ドランの提案に、セリナ達から異論が唱えられる事はなかった。

第五章――神ならぬ神

　ドランは聖法王国側で唯一遺体の残ったシークシータを戦場となった土地に弔い、膨大な数の機動兵器や戦艦群の残骸を戦利品として影の中にある亜空間に回収した。

　これで戦闘の後始末は終了だ。

　それから小一時間の休憩を挟み、人間体のドランが消え、一行は再び白竜のドランの手の上に乗って移動を再開した。

　シークシータを撃退後、一行は不気味なくらいの順調さでディファクラシー聖法王国の聖都デミラザルを目前に控えた空域まで前進していた。ここまで妨害らしい妨害が入らず、誘い込まれるようにしてこの距離にまで近付けたのだ。

　デウスギア側も前哨戦を経てドラン側の戦力を把握し、一気に勝負を終わらせる算段を整えたのが窺い知れる。

　セリナとクリスティーナは聖都デミラザルを上空から見下ろし、その威容《いよう》に感嘆の声を上げた。

デミラザルは複数の住居などが密集した都市とは違い、一つの巨大な聖堂ないしは宮殿によって構成されていて、内部に信徒達の住居が割り当てられる造りになっている。

磨き抜かれた黒曜石を思わせる城壁が外周をぐるりと囲い込み、いくつもの尖塔と高層建築物が幾何学模様を描きながらそそり立つ都市の住人は、百万や二百万では足りまい。

既に白竜のドランが常人でも目視出来る距離にあるというのに、デミラザルの住人達が慌てふためいている様子はない。

「もう住人の方々は避難されているのでしょうか？」

セリナが最も気掛かりだった点を口にすると、生命反応を調べていたドラッドノートがすぐに答えた。

『はい。敵都市にある生命反応は本来の住人の数には遠く及びません。被害が出るのを嫌ったか、邪魔になるからか、デウスギア側が避難させた模様です。勝敗を問わず、我々との戦闘によって敵都市が破壊し尽くされるのは確定的です。不要な被害を出さずに済んだのは歓迎すべきかと』

「うん、そうだね」

セリナが少しだけ晴れやかな顔になったのを確認してから、ドランは気を引き締めるように声を掛ける。

「では、セリナの憂いが消えたところで、デミラザルへ接近するぞ」

セリナ達を手の上に乗せているドランが、聖法王国側の対応を待つようにゆっくりと前進を始める。その巨影がデミラザルの外縁部に掛かろうかという地点まで来たところで、ようやく新たな動きがあった。

シークシータやハークワイアとの戦いの際に姿を見せた戦艦群や機動兵器の類が、それこそ津波のような密度と数でもって聖なる都を包囲する陣形で出現したのである。

超空間航法――いわゆるワープによる奇襲は、天人と多種の星人らとの戦争ではごくありふれた戦法だ。しかし、百単位の数の大質量の物体が空間を跳躍してきたこの光景は、現代の人間からすれば驚天動地以外の何ものでもない。

ドランへの包囲網が完成するのと同時に、四方八方から無数の光弾と光線が殺到する。

デウスギア側はデミラザルの被害を考慮していないようで、ドランが上空で爆散しようが、墜落しようがお構いなしの攻勢を見せている。

ドラン側からの反撃が不自然なほど行われていないのは、デウスギア側も訝しんだに違いない。

浴びせ掛けられる光学兵器の数々によって太陽の如き輝きに包まれたドランが、デミラザルの中心部、聖法王の住居である最深部ディスペアル宮に差し掛かろうとした時。包囲艦隊の真下の地面すれすれの位置に真っ黒い穴が口を開き、その穴から再び人間のドランをはじめとした一行が姿を現した。

見れば、白竜のドランの手の上からセリナ達の姿が消えていた。包囲艦隊は白竜の姿に気を取られて、宮殿へ侵入させてはならない者達を見逃してしまったのだ。

真っ黒い穴から戦場の空へと飛び出したドラン達が、無防備なデウスギア艦隊の真下から襲い掛かり、防御力場を貫通して次々と火の玉を生み出していく。

ドランが周囲に展開した無数の小型魔法陣内で生成された反物質が対消滅を起こし、発生した膨大な力が魔法陣の術式によって指向性を持った破壊光線へと変換される。

デミラザル一帯を染め上げる無数の真っ白い光の帯が、包囲艦隊を貫いて、瞬く間に轟沈させていく。

そして、これまでの猛攻が嘘のようにドランへの砲火が止み、一時的にだが阻むものは居なくなった。

一行はそのまま都市の中心部へ到達し、そこから突入を図るかと思いきや、セリナ達が空中に居る間に白竜のドランが都市を目掛けて突撃を敢行するではないか！

デミラザル地下に隠蔽された次元回廊へ至るまでに邪魔な構造物と地盤を丸ごと粉砕し、道中待ち構えている強敵達をまとめて抹殺《まっさつ》する。その為の効率的な手段として、白竜のドランが突撃するというとんでもなく原始的な方法が採用されたのだ。

もはや止める手は間に合わず、白竜のドランは気の遠くなるほどの歳月と人員と資材が費やされたであろう荘厳な都市を圧し潰していく。

白竜の全質量が叩きつけられ、更なる陥没《かんぼつ》を招いて途方もない轟音が響き渡る。

さらに、落下によって発生する衝撃に指向性を持たせ、地下に秘匿されている施設に向けて集束させた。

そうでなければ、大質量の落下によって広範囲に巻き上げられた粉塵《ふんじん》が分厚い雲を作って長期にわたって日差しを遮《さえぎ》り、惑星の営みに多大な損傷を与えただろう。

ドランの落下による混乱はデウスギアの包囲艦隊にも見受けられ、奇襲との相乗効果によって明らかに統制を失っていた。ベルン男爵領一行は、草を刈るかの如く容易くそれらの戦艦を次々と原形を留めぬ鉄屑へと変えていく。

デミラザルを無惨《むざん》な姿へと変えるこの方法は、都市の住人が避難しているのが確認されたからこそ実行し得たものだ。

ある意味では、デウスギア側が墓穴を掘ったと言えるだろう。

無数の瓦礫《がれき》が降り注いでくる中、ドラン達は都市の中心部に穿《うが》たれた大穴の先にある小さな光を見つめていた。

白竜ドランの突撃により、隠蔽されていた地下施設の大部分が崩壊していたが、真の本拠地へと繋がる次元回廊のある区画は何よりも厳重に保護されていて無事なままだ。

光の正体を解析したドラッドノートが、一行に報告する。

『目標地点捕捉、周囲の空間軸安定、このまま次元回廊施設へと突入します。皆様、準備はよろしいでしょうか』

デウスギア側が次元間を繋げる回廊を閉ざすなり曲げるなりといった妨害を行う可能性を考慮して、技術的に上回る性能のドラッドノートが先導役を担う手筈になっている。

「答えるまでもない。さあ、進めてくれ、ドラッドノート。デウスギアを叩き潰すぞ」

主人であるクリスティーナの言葉に、ドラッドノートは我が意を得たりと心なしか嬉しそうだ。

『はい。進路上に防御力場生成、アンチエーテルドライブ出力最大、最大速度で突撃します！』

†

ドラン達が制圧を目指す次元回廊施設の向こう、すなわちデウスギアの真の本拠地。その最奥の区画は極めて広大な広間になっている。その広さは成体の竜種が数十体居ても問題なく動き回れるほどだ。

広間の一番奥の壁に、天井まで届く六つの柱状の物体が伸びており、その中央の位置に聖法王の姿があった。

「ふふ、元気があり余っているな。積年の宿敵よ。先の言葉通り歓迎しよう。〝我ら〟もまた、この時を随分と長い事待ち続けていたのだから。お前の〝十七年〟は、この時の為にあったと知るがよい」

待ち焦がれた瞬間の到来を確信する聖法王を取り囲むように、六本の剣が金属製の床に突き立てられていた。それらは全てドラッドノートと変わらぬ造作をしている。

「さあ、来るがいい。忌まわしき〝一にして全なる〟古神竜ドラゴンよ。再び、〝我ら〟と相まみえようぞ！」

聖法王の美しい声が、無人の広間に響き渡る。

「かつての仇敵《きゅうてき》、天人の遺産共？　地上世界の信仰統一？　ドラゴンスレイヤー？　そんなものは我らの眼中にはない。ははははは、ドラゴンスレイヤーこそが本命だと勘違いしていられる内が幸福だと、お前は知るだろう。はははははははは」

†

ドラッドノートを先導役とする一行は、一筋の流星となって次元回廊の施設へと侵入し、光の先にあった渦を巻く歪んだ空間へと突っ込んだ。

ドラッドノートは施設を守るこの空間に妨害を受けながらも、一切の損傷を負わずに進み続ける。施設に近づけば近づくほど空間の歪みが激しくなり、進みが遅くなるが、ドラッドノートの内部から溢れる光が衰える事はない。

『アンチエーテルドライブ、ツインマナリアクター、マイナスプラーナジェネレーター、オーバードライブ！　歪曲空間を貫きます。五……四……三……二……一……歪曲空間を突破！衝撃、来ます‼』

ドラッドノートは夜空を翔《か》ける流星の如く歪曲空間を突破し、聖都の地下深く隠されていた広大な施設の壁へと切っ先を突き立てて、凄まじい破砕音と掘削音を奏《かな》でながら突き進む。

遂に地下施設の灰色の壁を貫通し、ドラッドノートが動きを止めた時には、瓦礫が廊下に散乱していた。

ドラン達としてはこのまま施設の最奥部にまで突入し、一気に聖法王ないしはデウスギアの残党の居る場所まで進みたかったが、無事に突入出来ただけでも良しとすべきだろう。

全員が施設内部へと降り立ち、青い水晶のような物質で構成された廊下を目にする。

「なんだかキラキラと眩しいところですねぇ」

と、いささか呑気な感想を零したのはセリナだ。

天人の遺跡にも共通する特徴だが、構造材自体が照明も兼ねているようで、瓦礫の断面やさらに細かな破片に至るまでが明るい光を放っている。

クリスティーナに握られたままのドラッドノートが、破片を分析した結果を口にした。

『これ自体が無数の小さな機械の集合体ですね。演算装置であり、動力源であり、通信装置であり……と、多様な用途を持っています。我々は敵のお腹の中に飛び込んだも同然の状態です』

「うわあ、それは普通なら危機なのでしょうけど……なんだろう、これまでの経験からすると、手っ取り早く敵の人達をやっつけられるなって真っ先に考えちゃった」

『それは……私も同意いたします。敵の懐に飛び込むという事は、それだけ近付けたわけですから、手間が省けたとも考えられます』

セリナとドラッドノートの発言からは、ドランと行動を共にした影響が確実に思考形態に及んでいると分かる。

彼女達も自覚しているが、もう治らないし治さなくてもいいと考えているのは明らかだ。

無論、それはベルン組全員に言える事だった。二人のやり取りに、誰も異論を唱えないのがいい証拠である。

ドランは、瓦礫の散らばる廊下の一方を見ているクリスティーナと、その手に握られたドラッドノートに話し掛ける。

「目的地の詳細な位置はもう分かったのかい?」

既にドラッドノートと施設を制御する人工頭脳との情報戦は始まっているので、それなりの精度の情報が得られているはずだ。

ドラン自身も竜眼を筆頭とした諸感覚を動員して施設内部を調べており、その擦り合わせの意味もある。

『このまま突入口から背を向けて、この廊下を直進し、一つ目の角を左へ。その先にある昇降機でさらに地下へと下りれば、次元回廊のある部屋に到着します。当然、デウスギアによる妨害が想定されますが、ここまで来て足を止める理由にはならないでしょう』

「それはそうだ。では、そろそろ動き出しても良い頃合いだね。次元回廊のすぐ先で聖法王か彼を操るデウスギアの残党が待っていてくれたなら話は早く終わるが、期待せずに行こうか」

ドランが口にした通り、この施設の内部構造の把握は済んでいる為、あとは阻むものを排除しながら目的地へと進み続けるのみである。

指針が定まれば行動に移るのが早いのが、ベルン一行の長所だ。

聖法王国が最も警戒していると推測されるドラッドノートを持つクリスティーナを中心に配置し、その周囲をセリナ達が固め、ドランが先頭に立つ。

人型の生命体としては最高峰の戦力が集った彼らの歩みを止める事は、銀河間の航行すら可能な文明が作り出した防衛兵器をもってしても不可能だった。ドラン達が通った後には、原形を留めない鉄屑の骸の山が積み上げられていく。

ひた走る事およそ十分、目の前で閉じられようとしていた隔壁を、ドランが竜爪剣を振るって、通過するのに適した大きさに切り裂く。

隔壁を潜って進む中、ドランが疑念を口にする。

「どうにも相手側に防衛しようという意欲が欠けているように感じられるが、ドラッドノート、君の所見はどうだ？」

共に中枢を目指す全員がドランと同じ違和感を内心で抱いていた。

『……肯定します。想定した敵防衛戦力に対して、実際に投入された戦力が、質、数、共に乏しすぎます。現在、施設内部の探査を継続して行なっていますが、天意聖司なる生物兵器達の反応すら感知出来ません。避難させた住人の護衛に回している可能性もありますが、場合によっては、配下である彼らにも知られては困る戦力を投入する用意があるとも考えられます』

「ふむ、これまで神と偽ってきた神ではない力を、直接揮ってくる可能性があるか。それなら相手がそれだけ本気になったというわけなのだから、気合を入れて、このまま息の根を止めてやろうじゃないか」

『前向きな意見です。貴方にはそれを口にするだけの実力があり、実績がありますので私も肯定いたします。あちらが出し惜しみを出来ないほど、追い立てましょう』

「はは、その意気、その意気」

ドランの軽やかな笑い声が水晶めいた廊下に響く。

ほどなく、廊下の先に広大な空間が見えてきた。

想定通りではあるが、あまりにも容易に進む展開に、この場に居る全員が警戒の意識を高めている。

廊下を抜けた先に広がっていたのは、千人の兵士が整然と並んでもまだ余裕がある空間だった。

青い水晶のきらめきは変わらず、中央には一段高くなった円形の台座が設けられていて、その中心部の上の空間に虹色の渦が一つ浮かんでいる。

あの向こうに、デウスギアの本拠地があるはずだ。

全員が疾走《しっそう》から歩行へと変えて渦に近づく中、長剣形態のヴァルキュリオスを握るドラミナが雑感を述べる。

「待ち伏せの類はなし。到着直後の襲撃もないとなれば、あまり私達を歓迎するつもりはないようですね」

バンパイアの女王の隣で、虹色の薔薇を纏うディアドラもまた似たような感想を抱いたらしく、辺りを見回しながら呟く。

「そう言った矢先に床とか壁の水晶自体が襲い掛かってくるかと警戒してみたけれど、それもない様子ねえ。まさか戦力が枯渇したわけでもないでしょう。もしそうならば、デウスギアとやらは雌《し》伏《ふく》の時《とき》を無駄に過ごしたと罵《ののし》るしかないわね」

しかしその直後、ディアドラの言葉が引き金となったのか、空気が震えるような音と共に、虹色の渦の前に半透明の人物像が浮かび上がった。立体映像だ。

映像であっても受ける印象は変わりなく、超然と、悠然《ゆうぜん》と、そして幼くも威厳ある佇まいの聖法王が柔和に微笑みながら語り掛けてくる。

『ははは、酷い言われようだな。もちろん、君達に対して手心を加えたからだとも。かといって、素通りさせてしまっては、この日の為に用意された道具達が哀《あわ》れというもの。故に、君達にはほどほどに戦ってもらったのだよ。準備運動としてはちょうど良い具合だったろう？』

挑発だと分かった上で、ドラミナはあえて分かりやすい言葉を返す。

「どこまでも安く見られたものですね。古の侵略者からすれば、私達など倉庫のガラクタを片付けるのに役立つ程度の認識で？」

これだけ余裕を見せる相手だ。調子に乗って、手ずから殺してやろう、などと姿を見せてくれれば、この場で決着をつけられる。そういう意図があっての反論だった。

『全てではないが、そうとも捉えているよ、第二の始祖吸血鬼殿。始祖から分かたれた六つの家系が血で血を洗う戦いを繰り広げた末に結実した君が、同胞を導くのを拒否するとは因果なものだね』

「あら、挑発には乗ってくれるのですね。たっぷり油断と慢心して、姿を見せてくれても構わなかったのですけれど」

『ははは、ここで君達と戦うのはやぶさかではないさ。ただ、こちらとしては相応の舞台を用意したいという欲があってね。それに、君達は土足で人の家に上がり込んだ無法者だ。多少なり、家主の意向を汲む努力をするべきだよ』

まさか泥棒めいた扱いをされるとは……と、セリナとディアドラは瞬《まばた》きしながら顔を見つめ合って、驚きを共有した。

聖法王の態度は大物の余裕のようでもあるし、ずれた感性からの反応であるようにも思えるので、なんとも判断が難しい。

そんなやり取りの中、ずいっと一歩進み出たのはドランだった。

聖法王を見つめる瞳に怨恨や憎悪はなく、ただ必殺の意思を凝固《ぎょうこ》させた輝きのみが宿っている。

「ならば本当の歓迎はそちらで行なってくれるのだな？　デミデッドの尖兵《せんぺい》よ。私の知る限りにおいて、デミデッドなる神など存在はしない。存在するとすれば、お前達が人々を支配する為に作り出した虚構の神話の中のみだ」

『余が神の真実を知っていると断じての言葉か？　やれやれ、余がデミデッドを実在する神と信じていたなら、随分と心を傷つける発言であるぞ、ベルンの補佐官殿。デミデッドが虚構の偶像である事は認めよう。しかし、お前は一つ訂正しなければならないよ、ドラン・ベルレスト』

「何をだ。よもやデミデッドは付喪神《つくもがみ》同様、人々の信仰によって既に実在の神になったとでも？」

『ははははは、まさか！　まあ、怪談やおとぎ話に語られる虚構《きょこう》の存在が、長く語られる内に実在するようになる現象は確かに存在するが、デミデッドは違うな。そもそもデミデッドとは〝デミ〟と〝ゴッド〟そして〝デッド〟を戯《たわむ》れに組み合わせて名付けた虚構だ。余が虚構であり、実在しないと知っている限り、この世のどこにも出現したりはしないさ』

「その口ぶり、真に聖法王国とデウスギアの支配者たる存在は貴様か。自らも神の傀儡《かいらい》であるかのように振る舞いながら、実際に操り糸を握っていたのは貴様自身とは、心からの信仰を寄せる者達は救われまいよ」

『その一点において、余は君と見解を別にするよ、ドラン。デミデッドはこの世におらぬが、唯一、確かに存在している場所を余は知っている。デミデッドの存在と教義を信じる愚かで愛しい信徒達の心の中にこそ、デミデッドは存在している。彼らが信じたいように信じる限り、デミデッドは彼らの心に永遠に存在し続けるのだ』

　聖法王の禅問答《ぜんもんどう》のような物言いに、ドランは不快感を露わにする。

「戯言《ざれごと》だ。あまりにも薄っぺらな台詞だ。貴様の心は一欠片も籠もっていない。あるのは嘲笑《ちょうしょう》と侮蔑の感情のみだ」

『ほう、そこまで人間に寄った心を持つのか。しかしそれも今宵潰《つい》えると思えば、僅かに惜しいと感じられるものだね。ふふ、長話はここまでにしようか。恥ずかしい話だが、君達と対峙すると確信した時からずっと高揚していてね。一刻も早く君達と直に会いたくて堪らないのさ。安心していいよ、何もありはしない。罠を仕掛けたところで、そちらにドラゴンスレイヤーがある以上、問題にならないだろうしね』

そう告げて聖法王の立体映像は消え去った。

これだけの面子を前に、何より古神竜殺しのドラゴンスレイヤーが間近に迫っているというのに、まるで余裕を崩さぬ聖法王の態度に警戒を強める者は多かった。

それでも、誰も臆する言葉は口にしない。

おそらくこの場で最も警戒心を深めているドランが、聖法王国、そしてデウスギアとの戦いを終わらせるべく、虹色の渦へと皆を促す。

「行こうか」

クリスティーナは頷きながら、彼に質問を投げ掛ける。

「ああ。それにしても聖法王の顔を見てから、ドランの闘志が随分と増しているように見えるな。何か引っ掛かるところがあったのか?」

愛剣ドラッドノートが普段よりも心持ちデウスギア相手の戦いに前向きなのを感じられるが、今のドランはそれ以上の戦意を宿しているように見えるのが不思議だった。

「ふむ、自分の事ながら、私も今ひとつ理解していなくてね。何故かは分からぬが、可能な限り早くデウスギアを打倒すべきだと感じている」

ドランの言葉を聞き、クリスティーナの顔に深刻さが増す。

「君がそこまで言うのか。これはよほどの相手だと心して掛からないとな」

「油断や慢心は、ないに越した事はないからね。それにしても、何をもってあそこまで自信を抱けるのか。種明かしの時間だぞ、デウスギア」

そう呟いたドランが、真っ先に虹色の渦の中へと吸い込まれていく。

そして慌てた様子でセリナが駆け寄り、ディアドラ、ドラミナが背後からの襲撃を警戒しながら後に続いた。

虹色の渦自体はドランの古神竜としての知覚能力で調べた限り、しっかりと通行者の安全を確保し、安定して異なる次元を繋げる回廊であった。

渦を通過している時間は体感で一瞬にも満たないが、自分自身を含めた空間そのものが渦を巻く為、慣れぬ者は激しい嘔吐感《おうとかん》や眩暈に襲われ、酷いと気を失う。

そんな状態で渦の向こう側へ降り立ち、襲撃を受ければ一大事だが、今回の面子は全員が尋常ではない頑健《がんけん》さを備えている。デウスギアの本拠地に降り立った全員に、不調の色は見られない。

それよりも驚くべき——いや、注目すべき事に、次元回廊を越えた先でドラン達を待ち構えていたのは、映像を介して会話をしたばかりの聖法王その人に他ならなかった。

再び防衛兵器の待ち構える中を突破し、聖法王のもとへと向かわねばならないと全員が認識していたので、突入直後に聖法王と対面したのは意外であった。

聖法王の存在を確認後、何人かはすぐさま攻撃を仕掛ける動きを見せる。

しかし、聖法王の周囲にふわりと浮かび上がった六本の剣を見れば足を止めざるを得なかった。

「ドラッドノート——いや、ドラゴンスレイヤーか⁉」

左手にそのドラッドノートを持つクリスティーナが、驚愕の声を上げた。

魔法の中には武器をひとりでに舞い踊らせるものがあるが、聖法王がドラゴンスレイヤーを操っているのは別の系統の技術だろう。

「ドラゴンスレイヤーはデウスギアのみならず天人と敵対関係にあった勢力にとって、最強最悪の脅威だ。ならば研究し、解析し、対抗策を用意するのは当然だろう。使い手だったバストレルが死亡し、ドラゴンスレイヤーの解析と量産が間に合ったからこそ、余も動いた。ドラゴンスレイヤーがバストレル以上の使い手を得たのは予想外ではあったが、その予想外の分は数で補おうと思ってね」

聖法王はどこまでも慈愛《じあい》に満ちた笑みを浮かべ、声音にも敵意や闘争の意志はまるで感じられない。あるいはそれは、彼がクリスティーナ達を敵と認めるどころか、生命としてすら見ていないからなのかもしれない。

ドラッドノートが凄まじい嫌悪感と不快の念を漏らし、クリスティーナもまた愛剣と感情を等しくした。遠い先祖が犯した大罪の象徴であると同時に、今となってはかけがえのない相棒を——見た目だけとはいえ——模したまがい物をずらりと並べられては、心穏やかにはいられない。

よもや古神竜殺しの兵器が量産されているとは思わず、さしものセリナやドラミナまで険しい表情を浮かべる中、クリスティーナが愛剣を両手に携えながら聖法王に問う。

「やはりその口ぶりからして貴様自身がデウスギアだな。残党はただ一人か」

「そのようなものだ。君の言うデウスギアは、残すは余のみ。星の彼方に赴けば生き残りに会えるかもしれんが、そうする為にはここで余を打倒してからでなければ出来ないよ。ドラゴンスレイヤーよ、よくも今日まで存在を維持し続けてきたものだ。使い手であったバストレルが滅びた時に、運命を共にすればよかったものを。そのしつこさに敬意を表して、君と同じ文明が運用した最強の兵器で終わらせてあげよう」

聖法王の周囲に浮いていたドラゴンスレイヤーがひときわ高く浮かび上がると、その切っ先をドラン達へと向ける。

「それでは踊るがいい。古神竜を殺す為に数多《あまた》の宇宙を材料に鍛え上げられた兵器だ。人類史上最も強く、最も愚かな兵器だが、押し入ってきた狼藉者《ろうぜきもの》を斬り伏せるには充分だろう」

聖法王の呟きが終わるのと同時に、閃光と化したドラゴンスレイヤーが迸《ほとばし》り、ほぼ同時に刃を弾く音が複数生じる。ドラン、クリスティーナ、ドラミナだ。

光の速さで飛来したドラゴンスレイヤーに反応してみせたのは流石だが、ドランを除く二人の表情は険しい。

ドランはセリナとディアドラに向かうドラゴンスレイヤーも纏めて弾き返して対処している。彼に守られた二人は、後方からそれぞれ得意とするジャラーム系の攻撃魔法と虹薔薇の槍や矢を飛ばして、聖法王への攻撃を重ねた。

ドラミナは鎧の神器ジークライナスを纏い、万全の態勢で聖法王との戦いに臨んでいる。

しかし、ドラゴンスレイヤーを受けた神器ヴァルキュリオスとジークライナスに傷一つなくとも、それを操るドラミナの精神と肉体にはとてつもない負荷が襲い掛かっていた。

「流石はドラゴンスレイヤー！　この威力では神器をもってしても威力を相殺しきれませんか」

クリスティーナはドラミナの声に応じる余裕はなく、自身の周囲にドラッドノートの軌跡を重ねて描きながら、ドラゴンスレイヤーの刃を弾き続ける。

刃を受けた時に咄嗟に力を逸らさなければ、肉体に掛かる負荷はより凄まじいものとなった。

ほんの僅かでも切っ先が触れたら、その瞬間に彼女の肉体はこの世から消滅するだろう。それがドラッドノートの刃を通じて、クリスティーナの全細胞に伝わってくる。

「一本一本の質はともかく、この数を加味すれば、あれだけ自信に満ちた言動をするのも道理か」

クリスティーナが苦々しく零した。

幸いなのは、量産されたドラゴンスレイヤーがドラゴン殺しの因子を持たず、霊的な位階はあくまで地上世界の範疇に収まる事だ。そうでなかったら、ドラミナのヴァルキュリオスのような神による武具とて、一合《いちごう》刃を合わせただけで砕け散っただろう。超人種のクリスティーナといえども、ドラッドノートによる保護がなければ、五臓六腑《ごぞうろっぷ》が破れる程度では済まない。

エルスパーダで受ければ即座に砕かれると判断し、彼女は左手のドラッドノートのみでドラゴンスレイヤーを捌き続けていた。

「刃を通じて感じ取れる力の凄まじさはまさしくドラゴンスレイヤーの名に相応しい、か」

クリスティーナも忌々しさと共に認めざるを得なかった。

同時に、使い手の居ないドラゴンスレイヤーなどに決して負けられないと心を燃やす。

「使い手の、居ない、武器など‼」

ドラッドノートに弾かれるたびに宙を舞い、自在な軌道で四方八方から襲い掛かってくるドラゴンスレイヤーを弾きながら、クリスティーナは聖法王を目指して走る。

この動きに、セリナとディアドラも合わせた。

「あのドラゴンスレイヤーを止めて、聖法王さんをどうにかすればいいんですよね⁉」

白く染まった髪を逆立たせ、竜の如く変貌した大蛇の幻影を浮かび上がらせるセリナに、七色の薔薇を体の各所に咲かせたディアドラが何気ない調子で答える。

「どうにかって……抽象的すぎじゃないの、セリナ?」

「あう、でで、でも、つまりはそういう事かなって……」

「まあ、そういう事だけれどね」

尻すぼみに声から力が失われていくセリナを、ディアドラはそれ以上問い詰めるつもりは毛頭なかった。気を取り直して、彼女は聖法王目掛けて三方から迫るドラン、クリスティーナ、ドラミナへ視線を転じる。

聖法王を直接狙うよりも、ドラゴンスレイヤーがドラン達の邪魔をしないように援護《えんご》するべきだと、ディアドラ達は判断した。

「そら、セリナ、いつまでも落ち込んでいないで私達の仕事をするわよ」

風に揺れる木々のざわめきに似た音を立てて、ディアドラの髪が長く長く伸び、何本もの虹薔薇の槍を形作る。

ディアドラの叱咤に応じて、セリナもまたドラゴンスレイヤーでも両断出来ない領域へと竜蛇の密度を高めていく。

「ドラン達の邪魔はそこまでにしてもらいましょうか！」

ディアドラの声を合図に、虹薔薇の槍と竜蛇がドラン達を狙うドラゴンスレイヤーへと放たれ、古神竜殺しの剣の兄弟達を弾き飛ばした。

かつてドラゴンスレイヤーにわざと殺された側である、古神竜ドラゴンの力を持つセリナ達だからこそ可能な離れ業であった。

ドラン達は着実に聖法王との距離を詰めていた。セリナ達の援護によってドラゴンスレイヤー達による妨害は防がれ、聖法王との間に邪魔者はない。

聖法王への最初の一撃を放ったのは、ドラッドノートを振りかぶるクリスティーナだった。あるいはドランが第一撃だけは彼女に譲ったのかもしれない。

光をも断たんばかりの斬撃は、聖法王の体を縦一文字に斬り裂く軌跡を描いている。

「覚悟！」

「吠《ほ》えずとも聞こえているよ。しかし、君ではまだまだ足りないな」

これまで微動だにしていなかった聖法王の右手に、七本目のドラゴンスレイヤーが出現し、ドラッドノートの斬り下ろしを受け止める。

「安心するがいい。この七本目で打ち止めだ。余の振るうドラゴンスレイヤーを掻い潜り、この命を絶てば、デウスギアの殲滅《せんめつ》は叶う」

「どうだかな。保険として意識の複写をどこかに残していてもおかしくはなかろうに！」

「ならば余を討った後、好きなだけこの施設を調べるといい。信じるも信じぬも、好きにせよ。余にとってはどうでもよい」

「減らず口を！」

クリスティーナの右手に握られたエルスパーダが正確無比な狙いで聖法王の左首筋へと迫るが、あろう事かその斬撃は聖法王の左手に呆気なく受け止められる。

「障壁かっ」

クリスティーナの瞳は、エルスパーダの刃と聖法王の掌の間に生じた六角形の光の壁を認めていた。

エルスパーダを通して腕に返ってきた感触に反応して、クリスティーナは咄嗟に左右の剣を引いて後方に飛《と》び退《の》いた。そのままにしていれば、何かしらの手段によって刃を砕かれると理解したからだ。

「どうした、余をこの場から一歩動かすのも叶わぬか。余には分かりきった事なれど、余を討つと息巻いてきた君達にとっては歯痒《はがゆ》かろう。ただ、こちらにはこちらの都合がある。余の本命は……」

視線をやや左に転じた聖法王は、竜爪剣を手に自分を狙うドランを見つめていた。

聖法王の美しい少年の顔にはやはり恐怖も嫌悪もなく、命を狙われているとは思えない穏やかな表情が浮かんでいるのみ。

「貴様の考えも狙いも関係ない。その全てを粉砕するまで」

ドランが右上段から振り下ろす竜爪剣を、聖法王のドラゴンスレイヤーが受け止め、二振りの刃が斜めに交差する。

既に竜爪剣はドラゴンスレイヤーの刃にじりじりと食い込み、罅《ひび》を入れはじめていた。

ここにきて初めて、聖法王の態度と言葉遣いが変わる。

「ああ、まったく、まったくだ。貴様は変わらん。死んでもなお変わらぬか、忌々しい白き竜！その物言いはかつての貴様となんら変わるところがない。我らすら見下す超越者たる態度！」

聖法王の唐突な変化以上に、彼の口にした言葉がドランの表情を険しくさせる。

「貴様、デウスギアですらないな？」

ドランの全身に施された強化がさらに強度を増し、人型の古神竜と言えるまでになった瞬間、ドラゴンスレイヤーの刃は真っ二つに断たれた。

そのまま翻った刃が容赦なく聖法王の胸を貫く。

もはやデウスギアとの因縁のあるドラッドノートへの配慮はドランの思考から消え去っていた。

目の前の聖法王の姿をしたナニカが、漠然と抱き続けてきた警戒心の原因であると、彼はようやく察した。

聖法王が肉体を竜爪剣に貫かれた胸を血で赤く染め、口からも滝のように血を流しながらも言葉を発した。

「愚かな異星の残党、悪意の残滓《ざんし》、デウスギアか。あれがこの聖法王という端末を使っていたのは十七年前までの話だ。お前が人間として生まれるまでの間だ、古神竜ドラゴン」

聖法王の肉体を操る誰かは、なおも語り続ける。

「余達が動き出したのはドラゴンスレイヤーの量産が叶ったからではない。お前が〝生まれ変われた〟のも、我らがデウスギアに成り代わったのも、余達の準備が整ったからだよ」

「貴様はっ！」

ドランは竜爪剣を通して更なる力が注ぎ込んだ。

肉体が原子すら残さず消滅させられつつある中で、〝誰か〟は地の底から響くように、天空の彼方から轟くように笑う。

「思い出したか？　思い出せずともよい。幾年ぶりか、古神竜ドラゴン！　貴様が七勇者に殺されてやった時以来か。ははははは‼」

竜爪剣から流れ込む力に耐えきれず、ついに聖法王の肉体は砕け散り、ドランの足元に一握りの砂が零れた。

しかし、それと同時にドランを中心として六つの巨大な影が立ち上がる。

大小の泡が柱のように集まった影。

全身に細かな棘《とげ》を生やした蛇の影。

赤黒い装飾品と豪奢なドレスを纏った目のない女の影。

真っ白い仮面を全身に貼り付けた男の影。

肥大化した両腕を持ち、頭部の上下に口を持った獣面人体の影。

そして膨張と収縮を繰り返す、無数の煌めきを内包した雲の如き影。

〝それら〟の正体に気付き、ドランは驚愕を禁じ得なかった。

「お前達は既に滅ぼしたはずだが……詰めが甘かったか。私を転生させた貴様らは、私の力を奪おうとして逆に扱いきれずに滅びたのだと、カラヴィスに聞かされたぞ」

全身にさらに古神竜の力を滾らせるドランを囲いながら、六つの影は愉快だとせせら笑うように揺れる。

かつてクリスティーナの先祖を含む七勇者に討たれたドランの魂を貪《むさぼ》り食《く》おうと手を伸ばし、逆に消滅させられたはずの六柱の邪神達こそ、この影達に他ならない！

「カラヴィスが偽りを口にしたわけではない。それも含めて、我らが我らの滅びを偽るのに注力したのだ」

「私に転生の呪いを掛け、私が勇者セムトに殺された瞬間に力を掠め取ろうとし、私に滅ぼされたはずの貴様ら。六柱の邪神共、よくも私の前におめおめとその欲に汚れた面を出せたものだ。今度こそ確実に滅びをくれてやろう」

「はははははは、hahahahaha、ハハハハハ！」

六つの声が重なり合い、ドランへの敵意と悪意を隠さぬ言葉が続く。

「もはや遅い。手遅れだ。ドラゴン、お前は遅きに失した。バハムート、リヴァイアサン、アレキサンダー、ヨルムンガンド、ヴリトラ、他の始原の七竜らも同じ事。マイラール、ケイオス、カラヴィス、アルデス、古神竜にすら遠く及ばぬ者達など、語るまでもない」

量産したドラゴンスレイヤーなど所詮《しょせん》前座、ドラッドノートも同じである。

六柱の邪神だった者達にとって、ドランを転生させた十七年の歳月によって、必要なものを全て揃えられたのだから。

ドランは一切の容赦なく竜爪剣で周囲に円を描くように六つの影を両断する。

しかし、影達は断たれたままユラユラと動いてドランの頭上に集まり、渦を巻いて融《と》け合《あ》いはじめた。

――ドランが本気で滅ぼしに掛かったのに仕留め損ねるとは！

彼がドラゴンである事を知るセリナやディアドラ達は、心底からの驚愕を隠せなかった。

一つに融けた影は、老若男女《ろうにゃくなんにょ》のどれとも聞こえる声で語る。

「お前が転生に際して失った力、古神竜の力の扱いは充分に学んだよ、ありがとう。そして私達は得た。我らは貪った。余らは至れり。達せり、登れり！　始祖竜の心臓よ、見るがいい‼」

次の瞬間、ドランは全力で叫んでいた。この場で彼の意を汲んだ行動に移れるのは、彼女／彼だけだった。

「ドラッドノート‼」

『っ！』

応じる意思を伝える間すら惜しみ、ドラッドノートはドランの意を汲み取って動いていた。ドランは古神竜としての力を全開にして、頭上の邪神共へと斬り掛かり、渦巻く影の半ばまで竜爪剣を斬り込む。

そして彼が全力を発した反動から世界を守るべく、ドラッドノートはその持てる全能力を駆使して、ドランを中心とした極小の範囲に最高硬度の隔離結界を展開した。

邪神達の影は半ばまで斬られながらも痛痒《つうよう》一つ感じている様子はなく、むしろドランを侵食するように彼の五体へと影を伸ばしていく。

邪神達と相対するドランの顔には、一切の余裕がなかった。

初めて見るその顔に、セリナが絶叫《ぜっきょう》する。

「ドランさん‼」

「ふむ、大丈夫、すぐに戻るよ」

ふわりと柔らかに微笑んで、ドランは影と共にセリナ達の目の前から姿を消した。

ドランが本気を出す際に異なる空間へと移動するのは、セリナ達も見慣れている為、驚きは少ない。それでも、今回ばかりは事情が違う。

彼が自分の意思で移動したのではなく、抗う事も出来ずに移動させられたのだという信じがたい事実に、セリナ達はただ戦慄《せんりつ》していた。

†

そして邪神共の融け合った影に移動させられたドランは、移動が終わると即座に人間の肉体から七枚の翼を持つ白き鱗の竜へと姿を変えていた。

普段は隠している七枚目の翼を展開した全力形態だ。

この変身と同時に大半を吹き飛ばされた影は、一度ドランから距離を置くと、再び激しく渦を巻きはじめる。

「ここは……原初の混沌《こんとん》か」

周囲の景色を見て、ドランが呟いた。

原初の混沌とは、今も残るこの世界の最も始まりの領域で、ドランの大元である始祖竜と共に存在していた、謎多き〝何か〟だ。

始祖竜の後に神々が生まれた領域にして、そして神々が創りたもうた無数の世界が浮かぶ海、あるいは盤面と呼べる場所。

天界も魔界も竜界もここに浮かんでいる。

様々な色彩の渦のようなこの場所で、ドランはかつて滅ぼしたはずの敵と改めて対峙する。

「お互い全力を出せる場所ではあるが！」

敵が準備を整えるのを、わざわざ待つ必要はないとドランが全力のブレスを放つ。

この間も影が渦巻く速度はさらに勢いを増しており、徐々に何かの形を取ろうとしているのは明白だ。

もはや六柱の自我はなく、魂すら一つに融け合って、新たな自我を獲得しているようだった。そして驚くべき事に、ドランが全力のブレスを連射しているというのに、全く効いている様子がない！

「我は至れり、我は達した。我はかく成れり。始祖竜の心臓よ、始祖竜の魂よ、我を恐れよ。我は始祖竜の対となる者。全てのものが至る終焉を与える者。我は終焉竜《しゅうえんりゅう》である！」

ドランのブレスを吹き飛ばし、古神竜形態のドランが見上げるほどの巨体となったソレは、確かに竜と呼ぶ他ない姿をしていた。

悠々と広げられた八枚の翼、左右にくねりながら伸びる三本の尾。強靭な四肢の付け根は黒い鱗に、五体は灰色の鱗に、腹から下顎にかけては白い鱗に覆われ、三日月のように湾曲した角を生やした頭部にはドランと同じ虹色の瞳が五つ輝いている。

「我は汝の終焉。古神竜ドラゴンよ、潰えよ！　汝の真なる終焉が来た！」

「終焉竜の名は伊達ではないな。始祖竜と同等……いや、それ以上！」

世界原初の領域で究極至高の領域に至った二体の竜が激突した。

轟音と共に、全身の鱗に罅の入ったドランが大きく吹き飛ばされる。

「単に六柱が統合されただけでなく、原初の混沌を食らい続けて、力に変えているか。それに、転生に際して私から奪った力も使いこなしている‼」

「なれば悟れよう。汝は我には勝てぬよ」

事実を誇るのではなく淡々と告げる終焉竜に、ドランは沈黙を維持する。

……それが彼の答えなのだった。

月が導く異世界道中
Tsukiga Michibiku Isekai Dochu
あずみ圭
Azumi Kei
1~15
8.5
シリーズ累計140万部の超人気作!
(電子含む)
2021年TVアニメ化!
コミックス1~8巻好評発売中!

The Apprentice Blacksmith of Level 596
レベル596の鍛冶見習い
1・2
寺尾友希
Terao Yuki
チート級に愛される子犬系少年鍛冶士は
あらゆる素材を調達できる
Lv596!
最強の見習い!?
第12回アルファポリスファンタジー小説大賞
大賞受賞作!
犬の獣人ノアは、凄腕鍛冶士を父に持ち、自身も鍛冶士を夢見る少年。しかし父ノマドは、母の死を境に酒浸りになってしまう。そんなノマドに代わって日々の食事を賄うため、幼いノアは自力で素材を集めて農具を打ち、ご近所さんとの物々交換に励むようになっていった。数年後、久しぶりにノアの鍛冶を見たノマドは、激レア素材を大量に並べる我が子に仰天。慌てて知り合いにノアを鑑定してもらうと、そのレベルは596! ノマドはおろか、国の英雄すら超えていた! そして家族隣人、果ては火竜の女王にまで愛されるノアの規格外ぶりが、次々に判明していく――!
レベル596の鍛冶見習い
レベル596の鍛冶見習い 2
寺尾友希
ちょっぴりズレてる鍛冶見習いに
新たな出会い!
●各定価:本体1200円+税
●Illustration:うおのめうろこ

この作品に対する皆様のご意見・ご感想をお待ちしております。
おハガキ・お手紙は以下の宛先にお送りください。

【宛先】
〒150-6008 東京都渋谷区恵比寿 4-20-3 恵比寿ｶﾞｰﾃﾞﾝﾌﾟﾚｲｽﾀﾜｰ 8F
（株）アルファポリス　書籍感想係

メールフォームでのご意見・ご感想は右のＱＲコードから、
あるいは以下のワードで検索をかけてください。

アルファポリス　書籍の感想　検索

ご感想はこちらから

本書は Web サイト「アルファポリス」（https://www.alphapolis.co.jp/）に投稿されたものを改稿のうえ、書籍化したものです。

さようなら竜生《りゅうせい》、こんにちは人生《じんせい》 20

永島ひろあき（ながしまひろあき）

2021年　2月　26日初版発行

編集－仙波邦彦・宮坂剛
編集長－太田鉄平
発行者－梶本雄介
発行所－株式会社アルファポリス
　〒150-6008 東京都渋谷区恵比寿4-20-3 恵比寿ｶﾞｰﾃﾞﾝﾌﾟﾚｲｽﾀﾜｰ8F
　TEL 03-6277-1601（営業）　03-6277-1602（編集）
　URL https://www.alphapolis.co.jp/
発売元－株式会社星雲社(共同出版社・流通責任出版社)
　〒112-0005東京都文京区水道1-3-30
　TEL 03-3868-3275
装丁・本文イラスト－市丸きすけ
装丁デザイン－ansyyqdesign
印刷－図書印刷株式会社

価格はカバーに表示されてあります。
落丁乱丁の場合はアルファポリスまでご連絡ください。
送料は小社負担でお取り替えします。

ISBN978-4-434-28552-3 C0093